一笑已經風雲過

——倪匡紀念文集

鱸魚膾 編著

目錄

甲篇、一笑已經風雲過——我寫倪匡

甲篇

一笑已經風雲過——我寫倪匡

一笑又何時——懷念倪匡

我從二〇一六年到二〇一九年連着四年，每年七月都趕在香港書展期間，從北京南下，經上海、杭州至深圳，訪書會友，在深圳會合本地書友猴哥一起過羅湖到香港。趕在這個時期，只是為了能多見幾位書友，書展去不去都無所謂。到香港首要事是直奔倪匡先生住處，拜訪倪匡先生，四年來已成慣例。但在這三年，疫情不絕如縷，行程戛然而止。心裏一直期盼着疫情過去，再赴香港見先生。

二〇二二年七月三日下午三點多，剛剛寫就一篇有關先生的文章，整理一下電腦桌，一張便簽紙忽然從桌上書架掉了出來，紙上寫的正是先生的電話號碼和住址，想到忽略它好久了，這次可要收好，剛想重新謄寫一下，卻驚聞噩

耗，先生剛剛過世了。

便簽紙從我手裏滑落，我手足無措，心中在問，先生，你是以這種方式來和我告別嗎？這就是傳說的冥冥之中自有天意嗎？我沒有去拾那個小紙片，我知道，那個電話再也打不通了，先生再也不會親自接我的電話了，我再也聽不到先生的聲音了，再也見不到先生的笑容了。

我木然呆坐，想起他筆下的兩個小人物高彩虹和王居風，兩個人在古堡裏捉迷藏，居然找到了在時間中自由來去的訣竅，不受人間年月的限制，而這個訣竅，正是先生自己發現的啊。人比海裏沙，毋用多牽掛，我想，先生一定是靜極思動，穿越到另一時間中去了，只不過這一次署有不同，他沒有帶着他的肉身。

(一) 二〇一六年

二〇一六年七月二十一日下午四點多，跟隨書友藍手套、猴哥、不是大俠等人，來到倪匡先生在丹拿花園的住所，第一次見到倪匡先生。先生在客廳的書桌後起身迎接，我疾步趨前，握住先生胖胖的小手，叫了一聲「倪老」。先生也很正式地稱呼我「趙先生」。

「文章有神交有道」，神交已久終於見面。在我赴港之前，已通過藍手套，向先生打過招呼，他要是不同意見我，我就連香港也不去了。但先生聽說我要過去，特意交代藍手套，一定要帶那位「北京的胖子」過來。藍手套這廝，大概在先生面前破壞了我英俊的形象。據說先生說：「他盜版我那麼多書，我要當面一一謝謝他。」

現在原作者與盜版者愉快地見面了，在友好的氣氛中舉行了會談。先生多謝我對他的作品的發掘，我則感激他對我自製他的書的寬容。

先生筆耕五十餘年，文章難以計數，失傳者更是不知凡幾，我以微薄之力，集腋成裘，每有所獲，則輯成一冊，提供給廣大倪迷參考研究，同時也輾轉委託送給先生。先生始知在那遙遠的北京，有那麼一個胖子，像個忠實的信徒，在整理發掘傳播他的著作。

今年藍手套擔任主編，給先生出版了兩部新書，一是《倪匡談往事》（即臺灣皇冠版《見聞傳奇》），另一是《倪匡談命運》（即臺灣皇冠版《靈界輕探》），書是新瓶裝舊酒，但據主編大人說還是有新意，在舊版基礎上增加了一個訪談，藍手套說他「搜集了若干問題，請倪匡先生親自作答」，我倒是毒舌地說，要是沒有這個訪談，書能賣得更好一些。因為我已有皇冠版，就沒有再買，藍手套原說贈送我一套，卻不料他要贈送的人太多，書又太少，僧多粥少，我這和尚排名比較靠後，就把我的福利取消了。先生聽聞，主動從書櫃裏找出來一套，簽好了名，贈送給我，我喜出望外，心說還是先生靠譜講究。

我也隨身攜帶了幾本書，請先生簽名。本來想多帶一些，但又害怕被海關沒收，我不知他們的檢查和沒收標準，不敢冒險，儘管都是尋常的武俠小說，眞被沒收了，我就不容易再找到了。先生簽名，慣例都是題「某某小友」，我特意向先生提出，換個題法，多寫些字，寫些別的文字。先生很納悶，不知我要他寫什麼，大概以前沒有人提出這種奇怪的要求。我說沒有規定動作，還是自由發揮。

題寫的第一本是我自製的《天涯折劍錄》，作者是岳川、金庸合著。我先拿出兩個特製的大字版送給他，先生很高興，再看署名說：「哇，我和老查合著的呢。」「岳川」是他的筆名之一，「老查」則是指金庸。我正好趁機向他求證，此部作者確實是合著嗎？金庸寫了多少？先生一笑：「老查哪有寫，他一個字都沒寫，都是我寫的，老查同意簽他的名，已經是天大的交情、地大的面子了，我是唯一有此榮幸的，你見過他和別人合著嗎？」先生給此書題字是「此書歷史悠久，竟連書名都不復記憶矣！」

除此自製，隨後又拿出三本古董書請先生題字，先生每看到一本，都驚嘆

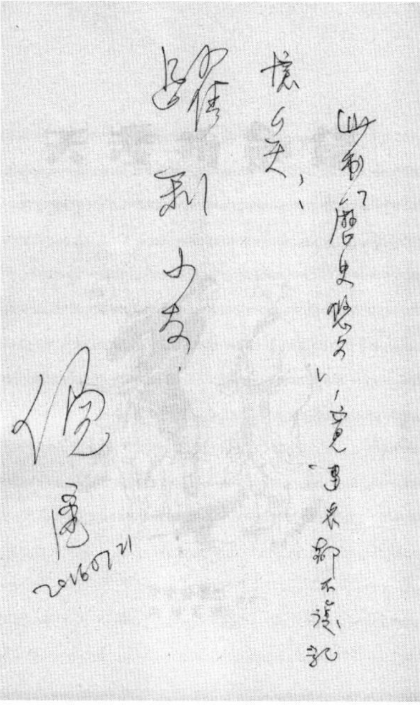

倪匡在《天涯折劍錄》題字

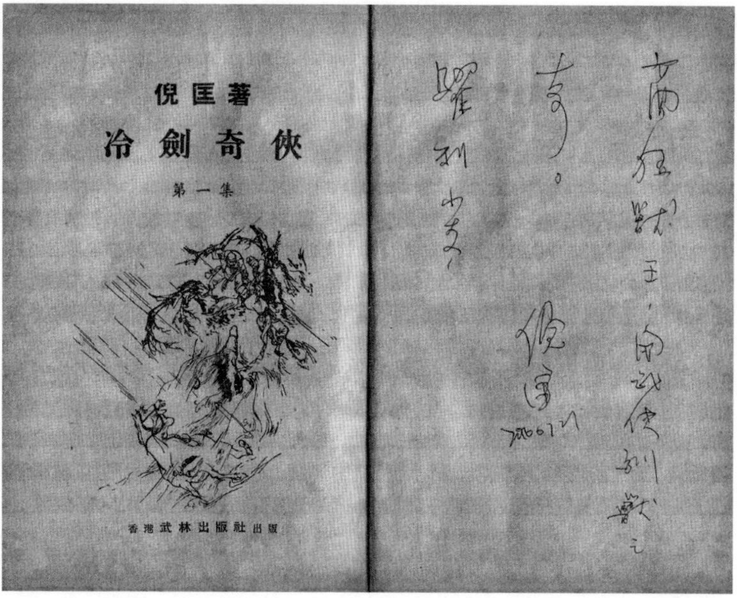

倪匡在《冷劍奇俠》上題字：「商猛獸王，開武俠馴獸之奇。」

不已。在《冷劍奇俠》上的題字是「商猛獸王，開武俠馴獸之奇」，題好之後又說：「萬獸山莊的馴獸，就是跟我的商猛學的呢。」「萬獸山莊」出自金庸的《神鵰俠侶》，先生此說，不知眞假，沒有考證，也有可能。第三本簽的是香港胡敏生版本的《南明潛龍傳》，先生對此書印象深刻，說這是金庸向他約稿，他在《明報》上連載的第一部小說。「我和金庸打賭，說要是寫得不好，砍腦袋，哈哈哈哈！」先生想起當年，大笑，「寫得不好還能眞砍腦袋，不過寫得還是很好的嘛！」他在此書題字是「這是在《明報》連載的第一部小說，逾五十年矣。」

「哈，別急，我還有更古老的呢。」說着，遞給先生香港南天書業版的《煞手神劍》，說：「您再看看這個。」先生接過，摩挲半晌，說：「這還是我在《眞報》的時候寫的呢。」先生題字：「此書成書於將近一甲子前，為今猶存，眞不容易。躍利兄能找到，難得之至！」題字裏有繁體有簡體，順便還誇讚我一下，眞是受寵若驚。

四本書都簽完，先生大笑，標誌性笑聲「哈哈哈哈」，一連四個哈，我自然隨聲附和，也連笑了三個哈，未敢超過先生，讓先生保持一直被模仿，從未被超越。

我的優先權用完，輪到給藍手套等書友簽名。先生來者不拒，有求必應。

我後來曾主動問他對於有人（當然不是專門指我，而是針對內地有出版社大量出版他的書）盜版他的書的看法，他說，讀者喜歡的，是作者和作者的小說，而不是喜歡盜版書。這是對作者的認同和尊重，希望作者寫出更好的作品，而不是支持和鼓勵盜版，能買到正版，正版又便宜又好，誰還會去買盜版，你說是不是？

這是我聽過的對盜版最好的理解，不論如何評價先生的文學成就，就是先生這種識見和境界，就高出太多的作家了。

我後來又想出新辦法，根本不直接帶自製書去香港，僅是帶些白紙過去，請先生在白紙上簽名，簽好後，我再把簽名的白紙裝訂到書裏。先生面對白紙

倪匡著，金庸題字的《南明潛龍傳》（金蘭版）

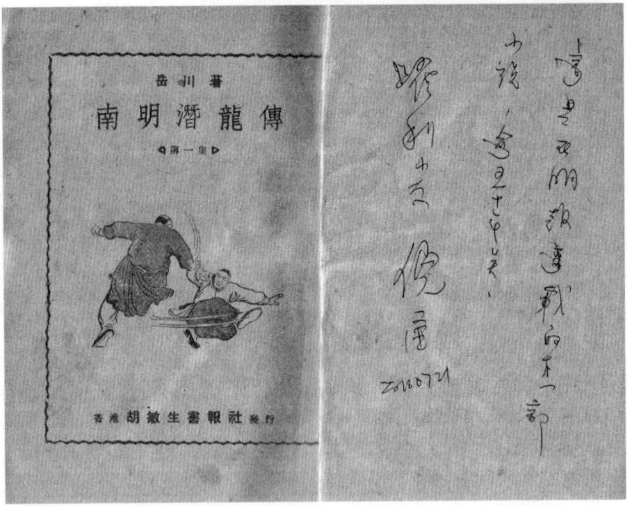

倪匡在《南明潛龍傳》題字

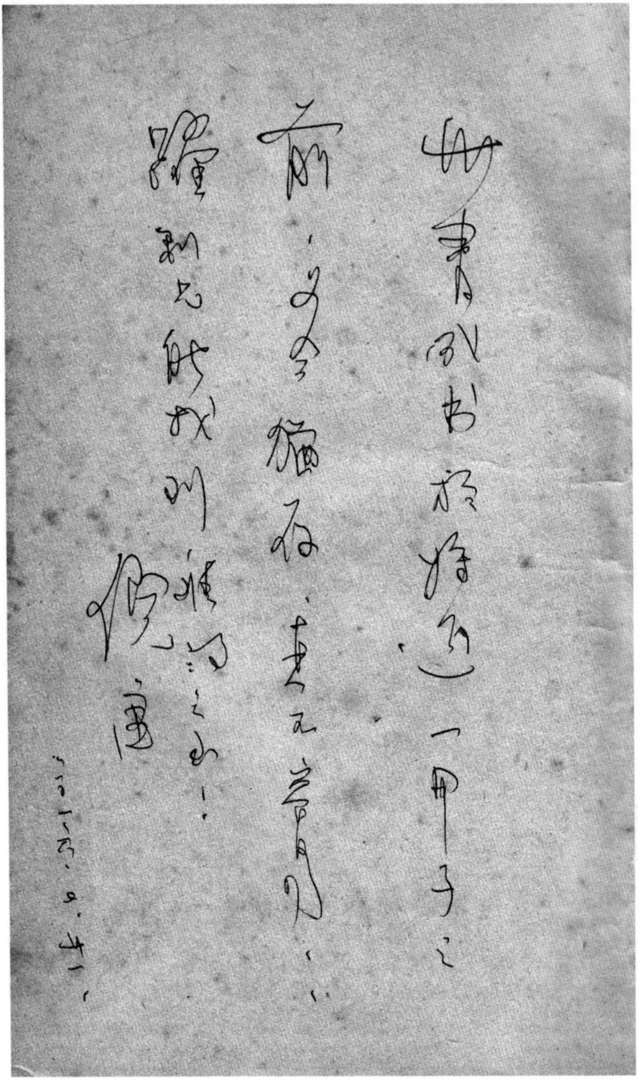
此書成書於將近一甲子之前，如今猶存，書主寶貴之！！驚喜之餘，我則汗顏之至！！
倪匡
二〇一六.五.廿一

倪匡在南天版《煞手神劍》題字

愣了半天，大概心想，北京的這個胖子還有這種騷操作。不過，還是照我所囑，逐張簽好，一逕白紙簽完，收筆之後仰天長嘆說：「沒有想到，又學一招，出乎意料，匪夷所思！」好像是說我把自製搞到一個新高度似的，實際無非就是有限的幾個同好列印出來幾本，自娛自樂罷了。再後來，我索性連白紙都不帶了，反正他家有，就地取材。有一次，先生疑惑地說：「我這是秀才遇到兵了嗎？」

晚上各路書友集體宴請倪先生和倪太，到場的還有香港另一位著名武俠小說作家西門丁先生。席間大家都是武林一脈，自然話題談到武俠小說上來。聊到金庸的《天龍八部》，「塞上牛羊空許約」一章，喬峰打死阿朱情節，先生認為太不合理了。先生認為，夜半三更暴雨傾盆，阿朱臉上的軟泥都未被沖掉，借着霹靂閃電的強光，喬峰也沒有認出阿朱完全不對，就算從臉上看不出來，看眼睛也看得出來啊，眼睛是不會騙人的，何況上一章還寫阿朱母女「雙眸粲粲如星」呢，「粲粲」就是特別明亮啊。先生對金庸安排阿朱如此離場，頗不

服氣。於是，大家就紛紛各抒己見，好像在挽救欲傾之大廈。但是，這是硬傷的話，連武林盟主金庸的功力都打不通這任督二脈，生死玄關，我們這些讀者小蝦米更是群雄束手啊！最後是西門丁建議改為大霧天，對面不見人，伸手不見掌，喬峰也就認不出阿朱了。先生讚了一聲「大妙」，大家附和一同舉杯，慶祝西門大俠挽救了武林盟主，好像挽救了一場武林浩劫。

此行首次見到倪匡先生，收穫滿滿，這麼大名氣的作家，真的和我家樓下靠在牆角曬太陽的老頭沒啥兩樣。

「長歌終此席，一笑又何時。」只有期盼來年再見了。

㊁ 二〇一七年

又是在去年的同月同日，再次來到先生家，還是藍手套提前打好了招呼，等來到門前，先生已經在門口迎接，他也隨着一衆書友稱呼我「鱸魚」（我網名「鱸魚膾」的簡稱），我笑說：「我這條魚又游來了，可以媲美你騎馬來香港。」先生聞言大笑：「我當年來香港，還有人說我一路吃棉花，游泳過深圳河的呢，我哪裏找棉花去，寫我的那些書，信一成都傻，連標點符號都不要相信。」先生連這句金句都學會了。我告訴他，我還帶了一個作家朋友林遙過來，由於沒有提前招呼，沒敢擅自帶來，現在在樓下等候。先生有些生氣地說：「你這是欺負人嗎，衛斯理最愛打抱不平，你趕緊下去，把他請上來。沒有地方坐，等他上來，他坐着，你站着。」我一笑，趕緊下樓，把正在樓下等候的林遙帶上樓。林遙也很激動興奮，乘坐電梯間隙還問我：「先生說啥了？」

「哈哈哈！還能說啥，衛斯理要鋤強扶弱。」

林遙是內地著名作家，正寫一部《武俠小說史話》。林遙與先生見面後，先生主動向林遙表示歉意，二人都是作家，同道中人，一見如故，更有話題。後來先生為林遙的新書題詞：

「數十年前，曾發願要寫武俠小說史，一直未動筆，力有未逮也。今林遙先生竟其功，實為武俠小說之幸，極其難得，誠武俠小說愛好者，不可不讀之寶書也！」此段文字後來印在《武俠小說史話》（臺灣風雲時代出版社）上冊封底。

這一次給倪先生帶去兩本我自製的小書，所謂小書，就是開本較小，比標準的三十二開本還要小一些，一本是《觀影隨筆》，一本是《零落成倪》。據江迅執筆倪匡口述的《倪匡傳：哈哈哈哈》（明窗出版社，二〇一四年七月，以下簡稱《哈》）記載：

> 倪匡在《真報》工作，一天，編輯說：「今天影評沒有了，上海仔，你來寫一篇。」他說：「我還沒看片呢。」編輯說：「看戲來不及了，你看說明書吧。」倪先生在其文〈我在《真報》的赤膊歲月〉也有類似記述：
>
> 電影版編輯忽然放下一本說明書，說：「衣其，寫段影評來。」哎呀，我連電

影也未看到呢，但照樣一揮而就。

當時，《眞報》專門開闢了一個介紹電影動態的「眞影版」，該版面又開設一個「觀影隨筆」專欄，主編者是邱山，筆名「秋子」，偶爾臨時有事，就抓新人倪匡來寫，倪匡當時的筆名叫「衣其」。這是沒有稿酬的，僅是臨時代筆，但卻因此而與大導演張徹「不打不成交」。

蔡瀾在《老友寫老友》（天地圖書，二〇〇六年七月）一書的「生飯」篇，有一段蔡瀾與倪匡的聊天記錄，有這麼一段對話：

倪匡：我什麼都寫，連影評也寫……影評是不拿錢的，寫着玩罷了。那時候張徹也寫影評，在《新生晚報》。他的影評可是怪了，不評電影，只評其他人的影評，像是個皇上皇。我說這部電影好看，他說我講得不對，兩人對罵起來，做了朋友。

後來此事也被江迅寫到《哈》之中，實際上是抄襲蔡瀾的對話。我不知當時倪先生和張徹先生是怎麼樣對罵的，不知他倆的對罵戰場在哪裏。否則，覓跡憑弔一下，説不定是九里山前古戰場，兒童拾得舊刀槍呢。

既然説倪匡的影評抄的是電影説明書，張徹説倪匡評得不對，那是不是可以説，是電影説明書就寫錯了呢，否則，倪匡怎麼能抄錯，與其抄錯，何不自己寫？我帶着疑問，刻意去尋找倪先生當年這些「一揮而就」的觀影隨筆。功夫不負苦心人，終於從國家圖書館收藏的《眞報》上找到了這些「觀影隨筆」，共有三十四篇。仔細一看，才發現，倪先生當年不可能照抄説明書，説明書字數寥寥無幾，一篇影評字數在千字以上，抄幾句是可能的，全抄根本不可能，至少字數就不夠，故事梗概還是要自己親自去看，其中有一篇竟然寫了電影放映中途電影院發生停電。這些影評文章後來被藍手套（王錚）收錄到他主編的《倪匡散文集》（天地出版社，二〇一八年七月）之中。

《零落成倪》，收錄兩篇倪先生早期的文章，一篇是社論〈香港問題——

侈言獨立，無異自殺〉。那是在一九五八年年初，時任港督葛量洪爵士在三藩市發表了他對於中國大陸以及香港前途命運的看法和評論，並預見性地判斷，中國政府將向英國政府提出收回香港。彼時距離一九九七年香港回歸還有三十九年，還沒有一國兩制構想的說法。港督的預測判斷，在香港引發軒然大波，有人期盼香港回歸，有人主張香港獨立。當時倪匡才二十三歲，但他認為，香港分裂出大陸，是自尋死路，於是用筆名「衣其」，寫了〈香港問題——侈言獨立，無異自殺〉投稿給《眞報》，也正是這篇投稿，倪匡才被《眞報》錄用，走上成為正式作家的第一步。

倪先生看到這篇文章，非常高興，說這太難得了，而且更證明了他熱愛香港，熱愛國家，反對分裂，這一觀點終生從未改變。

書中另一篇則是一篇武俠小說《血染奇書紅》。

《哈》書記載：

> 倪匡用筆名「岳川」開始在《武俠與歷史》寫武俠小說。除了寫短篇，還寫了長篇《和尚搶書》，寫一大群和尚去搶一本經書。

實際此條資訊最初也出自蔡瀾的《老友寫老友》，此書記錄資訊更全一些，說是張徹介紹董千里給倪匡認識，二人都在《武俠與歷史》寫稿。

據此線索，經朋友幫忙，翻查《武俠與歷史》雜誌，終於找到一部《血染奇書紅》，故事情節正是和尚搶書，尤其正文之前，還有一段前言：「這是一篇別開生面的武俠小說，結構之奇，題材之妙，在在令人拍案叫絕。描寫人性之險惡，更為透徹。」

經過倪先生確認，《血染奇書紅》正是他念茲在茲的《和尚搶書》，他自己記錯篇名了。前言正是董千里所寫。

倪先生笑稱《零落成倪》「眞乃奇書也。」

本次更大亮點是一位叫老謝的廣東書友帶去的一個手抄本，他上初中之時，在課堂上偷偷抄了倪先生三部科幻小說，《新年》、《追龍》、《幽靈星座》，滿滿一大厚本，紙張已經發黃，屬於可以進入博物館的級別了，令先生驚嘆不已。形形色色的書迷見識得多了，像老謝這種結硬寨打呆仗的，還真是鳳毛麟角。先生鄭重簽名，並題字「字字皆辛苦，太偉大了，感動之至，太厲害了！」鄭重交給老謝，叮囑一定收好，這是寶貝啊。我深悔自己當年沒有這種遠見，不偷摸看畫報也能抄好幾本。

㊂ 二〇一八年

二〇一八年七月二十日下午四點，我和猴哥、藍手套等一幫新知舊雨又浩浩蕩蕩開到倪匡先生住所。倪先生通常午睡，下午三點之後才可以接待訪客。這次我給先生帶去了浪子高達傳奇系列的《黃金美女》（據說是失傳的浪子高

達系列第九篇）、鬼故事選集《明星的新婚妻子》以及雜文選集《青苔日厚自無塵》。既然先生已經口頭允諾我可以自製他的書，這也是變相的授權，也可稱為「奉旨做書」，我自然要深挖資料，大挖特挖，大做特做。不過，感覺上了先生的當，他的佚失作品，愈挖愈多，挖得深不見底，天知道他當年寫了多少，開局一支筆，成功全靠寫，一筆寫成富家翁，難怪連金庸都佩服。

我指着他家進門的書架說：「你看看，我自製的書都要佔一半了。」先生大笑，說：「你快做，佔滿了才好。書愈多愈好，我一輩子從小到老，唯一沒有放下的習慣愛好，就是每天讀書。還怕書多嗎？讀書沒有配額。」

「是啊是啊，你找不到的，我都在幫你找啊，你看，《青劍紅綾》也都給你找到了。」我手指着，先生美滋滋地看着。

香港武俠小說作家周顯在〈看倪匡和衛斯理〉文中曾寫：

> 倪匡最滿意的武俠小說作品叫《青劍紅綾》，我沒看過，他叫我找過，我找不

到。他不知從什麼地方找來了一套，現在他的書架中，遊戲大王施仁毅拍了照片給我看。

周顯文中說的，就是我送給先生的那套，難怪先生得意。

流程進入海闊天空階段，我問先生：「知道南宮刀是誰嗎？」引起先生興趣，先生聽到老朋友的名字總是精神一振，說：「當然知道啊，老朋友了，原名叫陳耀庭嘛，寫武俠小說的筆名叫南宮刀，寫言情小說的筆名叫何行，他也是我們上海的，老鄉啊，言情小說寫得好看極了。」他說起別人的作品，總是「好」、「極妙」一類的詞語，我們完全不必懷疑他的鑒賞能力，但一定小心他的好人精神，總之就是不可不信，不可全信。

無聊的日子難捱，有趣的日子易過，事實證明果然如此，感覺都沒有聊多長一會兒，說多少話，時間卻已到了辭行的時候，先生需要休息了，他不能久坐，也不能久站，歲月不饒人，我們戀戀不捨地辭出，趕赴下一場約會，這裏的歡會場景只能在記憶中回放了。

四 二〇一九年

二〇一九年七月三十一日，香港風雨如晦，我剛在香港中央圖書館內打開電腦，準備查找資料，就因風球臨近，要緊急閉館。我茫然失落地回到一路之隔的珀麗酒店，有點不知何去何從。打電話給倪先生，說想聽他講古。先生回我說，不怕風球你就來吧。

窗外黑雲翻滾，不知此次是哪個妖精過境，我從未領略過所謂的風球，自然不知厲害，背起書包，就在風雨交加之中直奔先生住處。

先生親自接到門口，給我開門，我抖了抖身上雨珠，笑着說：「前度劉郎今又來。」他一看我狼狽樣，問我怎麼搞的，我說我從酒店一路在風雨中走來

的，他走回到按摩椅上坐好，才顧得上誇我「小友厲害，前度劉郎果然厲害。」

說起前度劉郎，是緣於前天，也就是七月二十九日我剛到香港的當天，就已經來過了。先生習慣晏起早睡，接待來訪多在下午三時後。他剛接待了一起訪問，還沒等畧作休息，我就到了。他問我又給他帶來什麼好書，我一邊打開書包，往外取書遞給他，一邊假裝遺憾地說：「唉，這次沒有搞到什麼好書。」

他接過一看，「咦」了一聲，說：「這都是我寫的書啊，怎麼不是好書？」我指着那幾本衛斯理系列，說：「都是賣不出去的。」

他指着封面說：「賣不出去還能出了好幾版？賣不出去你怎麼買到的？」

我說：「就是賣不出去我才買到的啊。」

他也毫不示弱說：「你買了就是賣出去了嘛！」

「這個……好吧，沒毛病，你贏了。」本來想欺負一下老年人，沒想到薑還是老的辣。先生笑傲文壇五十年，什麼陣仗沒見過，我這點嘴炮與他完全不是一個級別。他一邊給我帶來的書簽名，一邊和我閒聊着。

他指着《黃金故事》說：「這本好看，我還記得。」

我哈地一笑說：「不帶自己誇自己的。」

「好就是好嘛，我還誇老查寫得好呢，也沒有人不服，誰不服氣寫來試試。」他說起金庸，總是多年老友的叫慣稱呼。

「他寫得好，你寫得多，各擅勝場，可惜他大鬧一場悄然離去了。」

二〇一八年十月三十日金庸去世後，網上廣為流傳這句「人生就該大鬧一場悄然離去」，據說是金庸說的。

「老查從來都沒有鬧過啊，他開個跑車，都只能超電車，哈哈哈哈！」他說着自己先笑了起來，「要說鬧，我和古龍還差不多，」他揉揉眼睛，嘟囔着說：「他倆都先走了。」言下不勝唏噓。

「據說古龍是斷稿大王，你是不斷稿大王。」

「是啊是啊，我還給古龍續過很多稿，後來他斷稿斷得太厲害，我也續不過來，我想還不如我自己寫，就不給他續了，哈哈哈哈。」標誌性笑過之後，說：「我給你講，有一回在臺北，我和古龍喝酒，正喝着報社打電話找古龍催稿，說他又斷稿了，古龍就說，哪有作家不斷稿，我就在旁邊，我說，我就不斷稿。古龍愣了一下說，我的朋友不算。」說完又笑了起來。

大笑過後，又說：「大王？嗯，大王好，我給你講個大王的故事。我和古龍在臺北喝完酒，都帶了女服務生回酒店。第二天，古龍對我說，大哥你眞厲害，我一晚上都聽到女服務生在喊，大王饒命，大王饒命，我說我也聽到你那屋了，古龍就問我聽到什麼了，我說，我聽到你一晚上都在喊，女大王饒命，女大王饒命，哈哈哈哈！」

先生講完，笑得不停擦眼睛。

「金庸和古龍，你都太熟了，我再考你幾位你以前的老友，看你熟不熟，還記得不?」我有意吸引他，他果然上當，「你都知道誰?」他停下簽名，注視我。他筆下有個衛斯理，最有好奇心，而他卻說自己沒有好奇心，沒有好奇心的人怎麼會寫出那麼有好奇心的人物呢?我心想，也不點破他，說：「有個

叫米高的，你知道吧？」其實我根本不確知他是否認識，我只是想更多地了解一下當年香港武俠小說作家。

「去年你來問南宮刀，今年來問米高，哈，米高，當然認識啦，和南宮刀一樣，都是老朋友嘛。」講起老友來，他又來了精神，「你不說我都想不起來了，米高長得像董千里，長相十分古怪，他寫得不多，不過他很會搞錢，不知道怎麼搞的，他買了一輛小汽車，帶冷氣的，拉我們去玩，跑半道冷氣壞了，大熱天的我們幫他推車，哈哈哈哈，再也不跟他玩了。」

蔡瀾曾說：「倪匡兄這個人，與他接觸了，就知道他那一份眞摯，足令周圍的人震撼」，說得眞是一點沒錯，雖然此時倪匡的旁邊只有我一個人，但我也被倪匡回憶老友的眞摯打動，他說的就像剛剛發生不久一樣。

「你們？還有誰一起去的？」我聽到他說「拉我們去玩」，能和他一起去玩的，估計也是同道中人，說不定又挖出一個大咖來。

「還有一個梁楓，女的，不是那個男的白雲山人梁風，女的梁楓，你聽說

過嗎，她戴了一頂貝雷帽，可漂亮了。」他沉思了一下，「那次還有誰，想不起來了。米高，梁楓。」他低頭又默念了一遍。

「他倆原名叫啥，你記得不？」趁熱打鐵的好機會我不會放過。

「米高就是他原名，他名字古怪稀奇，不是筆名。梁楓是筆名，原名，想不起來了，她還有個筆名叫端木紅，我寫《六指琴魔》裏面，也寫了一個端木紅。」他又問我看過《六指琴魔》沒有，我當然看過，而且很熟悉劇情，小說裏的端木紅，結局並不算好，斷了一臂，也沒有得到理想的愛情。我想問他，當時的梁楓是不是看到《六指琴魔》裏的端木紅，有所感懷，才起了端木紅的筆名，但一想，先生未必知道，而且這也實在太無聊了吧。

「那次有張夢還嗎？」我問。

「哈，張夢還也很好玩。那次好像沒有他，想不起來了。」他搖搖頭。

「羅天，你認識吧？」我又換了一個人問他。當年金庸創辦《武俠與歷史》雜誌，羅天先以筆名「何奇」寫「中國飛俠西征記」系列，後來又用「羅天」

的名字寫「中國飛俠奇事錄」和「俠盜白金龍」兩個系列，一寫寫了三百多期，時值倪匡任雜誌主編，猜想會相識。

「羅天，很久沒有聽過這個名字了，認識啊，張大哥，很厲害，多面手，什麼都能寫，就是不肯寫武俠小說。」他又聽到一位舊友的名字而神情一振。「他寫這種時裝動作類型小說，比我還要早，他也不在了吧？」這次輪到我搖搖頭，這人是誰我都不知道，哪裏知道其他。

他簽完了一本《運氣》，拿起下一本，一看又是《運氣》，「你怎麼要簽兩個？都是你的？」他把兩本對比一下，一模一樣，連版次都一樣。「簽啊，都是我的，愈多愈好。」我是抱着賊不走空的心理，心想不簽白不簽，再簽要等明年了，當時是那麼想，誰知道不僅沒有明年，而且連以後都再也不會有了。先生調皮地眨了一下他的小眼睛，神秘兮兮地說：「這本我只寫日期，不寫年份，下次你再來，要是沒有書，就還帶這本過來，我再補上年份，就又是新簽的了。」神情像個剛淘了氣又怕被發現的頑童。還帶這麼玩的？我心想，畢竟老司機啊，套路深。

十幾本書快要簽完了，我起身從他書櫃裏拿出一遝他的專用稿紙，請他再寫幾個書名。「還要寫？我很久都沒有寫這麼多字了。歇一下。蔡瀾說我的字能賣錢呢，今天給你寫了這麼多。」先生接過我遞過來的稿紙打趣我。

「哈，那我賺到了，蔡先生說能賣多少錢了嗎，看來我回去的車票能報銷了。」我也跟着他大笑，眼睛眯得和他一樣小。

他指着稿紙右上角的兩個印章說：「蔡瀾給我刻的，上面這個是『余有四好』，下面這個，年青時是『酒色財氣』，現在變成四個空格了，叫『四大皆空』。哈哈哈哈，我先說了，應該讓你猜一猜。」他像個小孩子搞笑，眼睛又笑得看不見了。「你要寫什麼？」

前天二十九日我已經來過一次，說了我要寫一部介紹他的武俠小說的書，他給我寫了一張，題字是「造福廣大倪匡書友功德無量」，落款寫了「八四匕翁」，他說這是他新起的名字，匕是死的一半，說他自己已經死了一半了，我

說他還是科幻的名字啊，人哪有先死一半，然後再死一半的。說完我倆都笑了。

我把前天的簽字稿紙拿出給他看，他一看就想起來了，「哈，寫個書名。」他換過一支硬毛筆，寫下了「倪匡武俠小說簡介」書名，又把我的名字寫上，寫完瞅了瞅，特別給「武」字相相面，說：「這個武字好像腰裏別了一把刀？」

我一笑，說：「沒錯，你這是勝之不武。」

「哈，你說得好。」他刷地一下把原來的「武」字塗掉，又在旁邊重寫了一個「武」字，我攔阻不及，只顧搓手說「可惜可惜」。

「不要可惜，再寫一張就是嘍！」先生邊說邊又拿過一張稿紙，重新寫了一張，又端詳了一下，說：「這回可以耀武揚威了。」

兩張簽名並排擺在桌上，先生問我：「你打算用哪張？」

我說：「你猜！咱倆一齊選。」

我和先生各自一指，都指向最初寫的那張，同時說出：「當然勝之不武啦！」

「寂寥西窗久坐，故人慳會遇」，大概也很久沒有人與先生「同剪燈語」，共話巴山夜雨了。消磨了近兩個小時，意猶未盡，「連床夜語雞戒曉，書囊無底談未了」，但先生明顯累了，我起身告辭，握住先生胖胖的小手，不勝依依地說：「明年再來看您。」

「唉，八四匕翁，不夠看多久了，酒色財氣配額用完了，寫作配額用完了，也不知道上帝給我的生命配額配了多少，也要用完了吧。」他語氣有些感傷了。他五十一歲時洗禮，開始信奉基督教，不僅相信有外星人，更相信存在上帝。

我則安慰他說：「八四匕翁嘛，你八十四了才死一半，還剩另一半八十四呢。」

他大笑起來，說：「你也寫科幻小說好了。」

先生又送我到門口，叮囑我回去的路上小心，不知道樓外的風球過去沒有。我請他放心，讓他關好門。待門關好，我才轉身向外走，在樓梯拐角，我回望一眼，拍了一張樓道照片，心中默想，明年我再來看您。

細雨斜陽歸晚客，香港的燈紅酒綠紙醉金迷，我沒有一絲眷戀，只有先生家的那盞燈，才是我仰望的星空。

⑤ 二〇二〇年

疫情未去，不能出京赴港，只好和先生電郵。二〇二〇年九月一日，先生電郵裏說：「忽然想起七十餘年之前在上海看過署名『藍白黑』的半文言文情色小說，極精彩，不知還找得到麼？」哈，這個老頭，終於看清你的本質了，不過，我喜歡。

我回覆說：「您要找的，是不是《新浮生六記》？」

他很快回覆：「正是正是。有他的資料嗎？」

我把《新浮生六記》寄給他，再次回覆說：「藍白黑，本名汪焚稻，是專寫上海題材的海派小說作家，安徽人，另有筆名黃紅、晚荑，屬於南下作家。

到之前，曾在上海《天報》連載鴛鴦蝴蝶派小說《新浮生六記》，到港之後，在《香港時報》上發表數篇言情、推理等小說，絕大部分署名『黃紅』，你怎麼沒看到呢？」

先生再回電：「原來他作品如此之多，而且還到過香港，怎麼會那麼多年來一點音訊都沒有，作品也無人提起，眞不可思議。人的際遇眞有定數啊。」

我又回：「他寫了很多作品，晚年可能是一直在香港過活，與易文（楊彥岐）交情不錯，劉以鬯主持《香港時報》的淺水灣版面，他前後寫了十二部作品，您的〈呼倫池的微波〉最早也是在《香港時報》連載的，後來才由高原出版社出版的，可惜他默默無聞，不知所蹤了。」

先生回覆很快，又電：「眞奇怪，南下文人就那麼一個小圈子，我皆熟稔，也曾多方打聽，竟無人提及！」

⑥ 二〇二一年

五月三十日是先生生日，發了一個祝福生日快樂的電郵，同時又問他，知道杜寧嗎？

先生回覆很快：「杜寧極熟，即吳仰宇，後做導演改名吳繼龍。其人是大奇人，他的事幾天講不完。什麼事都幹，偏偏人極有趣，外號叫丹佬小吳，專騙人之謂也，識字不過千，居然寫作成績斐然，有《託盤私記》等，也沿用《浮生六記》之名，有《殺妻記趣篇》，十分眩目。他自稱是蘇州周瘦鵑外甥，不知確否。有關他的事，具體的你問我，可知一二。我受他大小欺騙許多次，但提到他仍覺好笑，其人之怪可知。自三十年前別後至今，下落不知，想必已過世矣。少年子弟江湖老，數十年前舊相識，感慨萬千啊！」

我回：「下次到香港聽你講他啊！」心想，你的朋友怎麼都是一個比一個有趣。

先生大概還沒離開電腦，秒回：「來吧，等你。」

⑦ 二〇二二年

二〇二二年七月三日下午一時，先生的那盞燈熄滅了。

「問訊湖邊春色，重來又是三年。」天不遂人意，沒有想到的是二〇一九年底爆發疫情，至今都沒有消停，我這前度劉郎，又是三年也沒能重來，卻傳來了先生過世的消息，先生告別了江湖成了傳說。不是說好了等我嗎，你怎麼先走了，衛斯理也失約嗎？

那麼有意思的老頭就這樣走了。

想起金朝高永的〈滕王閣〉：「遙憶才子當年，如椽健筆，座上題佳句。

物換星移知幾度，遺恨西山南浦。往事無憑，昔人安在，何處尋歌舞。長江東注，為誰流盡千古？」

為誰流盡千古？何須再問，自是為先生。

武俠与歷史

本書作者歷年與倪匡會面時合照留影

倪匡筆名知多少

倪匡曾有一張名片，最上面一行印的是：「專寫科學神怪社會倫理文藝愛情科學幻想武俠奇情偵探推理小說散文雜文各種論文電影劇本」，中間是他的名字「倪匡」二字，字體稍大。

下面還有一行，分在名字左右，左邊是「交稿準期」，右邊是「價錢克己」。據說印了一百張，派發到第八張給徐復觀老先生，被徐老罵了一頓就不敢發了，徐老說，看起來很謙虛，其實極度自滿，怎麼可以這樣做。所以，此名片外流極其有限。

倪匡原名倪亦明，以「亦」字行，學名倪聰，取意「兼視則明，兼聞則聰」。一生為文，如名片所列，寫盡各種文學類型。署名偶用「倪聰」之外，

其餘均為筆名，所用筆名除了已經替代眞名的倪匡，還有衣其、阿木、衛斯理、魏力等等，筆者按出現時間早晚，在有限的資料下，以目前筆者所見，把倪匡曾經使用過的筆名，盡量地整理出來，供倪迷參考指正。

（一）衣其　一九五七年十月二十七日

一九五七年十月二十七日，香港《工商日報》萬言小說欄刊登了一篇〈活埋〉，作者署名「衣其」。

此篇小說在二〇一〇年為香港樹仁大學黃仲鳴教授發掘出土，已經佚失五十多年。這是倪匡的處女作，首次用筆名「衣其」發表的第一篇小說。後被收錄到黃仲鳴編的《倪匡．未成書》一書中，並特別寫了〈前言——尋找衣其〉。

《工商日報》共計刊登了六篇署名「衣其」的作品，除了〈活埋〉，還有

〈地獄的最低層〉、〈創痕〉、〈大興安嶺之春〉、〈俎上肉〉、〈不是傳奇〉。

一九五八年二月二十七、二十八日，香港《眞報》連續兩天刊出署名「衣其」的讀者投稿〈香港問題——侈言獨立，無異自殺〉，這是「衣其」的名字在《眞報》的首秀。倪匡入職《眞報》之後，接替雷健主持政論專欄「虻居什筆」，在此使用「衣其」之名直至一九六七年十月十五。

倪匡談及筆名是隨意所取，並無微言大義。

（二）倪匡　一九五九年十月二十四日

一九五九年十月二十四日，香港《眞報》開始連載《豎紅印》，這是倪匡的第一部武俠小說，也是目前所見，首次出現署名「倪匡」。繼《豎紅印》之後，《七寶雙英傳》、《煞手神劍》均署名「倪匡」，並非網傳的「岳川」。

另有兩種說法，由於缺乏資料，待加證實。

一說是「倪匡」首次出現在〈呼倫池的微波〉的連載。按倪匡自述，〈呼倫池的微波〉原載於劉以鬯先生主持的《香港時報．淺水灣》，具體日期待查。但劉以鬯主持此副刊是在一九六〇年初。

另一說是「倪匡」最早是他在給《新報》寫稿開始啟用的。《新報》在一九六〇年初，尚未查到有署名「倪匡」作品。

兩說均晚於《眞報》日期，所以，「倪匡」筆名最早用於《眞報》，而非《香港時報》，也不是《新報》或《明報》。

據倪匡自述，他寫武俠小說時，要啟用一個新筆名，倪是本姓，至於「匡」字，則是隨手翻開「辭海」一頁，第一個看到什麼字就用什麼字，全憑天意，結果一翻之下，得一「匡」字，遂有「倪匡」之名，並無其他特殊含義。

在「今夜不設防」電視節目中，黃霑曾打趣說：「好險啊，幸虧第一個沒看到屎字。」

（三）阿木　一九五九年十一月十一日

一九五九年十一月十一日，倪匡在《工商晚報》開始寫專欄「生飯集」，「生飯集」有兩層含義：一個是指寫稿子就能生出飯錢來；另一個指該專欄文字犀利毫不留情，有如「夾生飯」一般（「夾生飯」是上海方言，指人說話不中聽、刺耳之意），所用筆名是「阿木」。「阿木」是上海話「阿木林」的簡稱，意思是笨拙、呆頭呆腦。此筆名另曾用在《中國學生周報》。

（四）岳川　一九六〇年四月一日

一九六〇年四月一日，倪匡受金庸所邀，開始在《明報》連載武俠小說《羅浮潛龍傳》（結集本改名《南明潛龍傳》），啟用筆名「岳川」（筆者並未親

眼見到），取意「名山大川」，按目前流行語，即為「征途是星辰大海」。其後在《明報》的武俠小說多用「岳川」。

一九六〇年九月二十一日，倪匡在《武俠與歷史》首次署名「岳川」，是在第二十六期上發表的短篇武俠小說〈烈燄珠〉，因同期恰好有署名「倪匡」的武俠小說《紅飛雁》。其後在《武俠與歷史》和《明報》上的武俠小說多用「岳川」。

（五）倪裳　一九六二年五月三十日

一九六二年五月三十日，環球圖書雜誌出版社出版了「環球文庫（流行小說）」第六十一種，署名「倪裳」的《玫瑰紅》，此是倪匡所著第一篇當時極為流行的「四毫子」小說，因售價為「每冊四角」。此篇被視作「衛斯理傳奇」系列的前奏。

（六）周君　一九六二年九月

一九六二年九月，明明出版社出版了「星期小說文庫」之二十四，署名「周君」的《歷劫花》。《歷劫花》封底的「作者簡介」是：

> 她是一位待字閨中的優秀女作家，既善於描繪懷春少女的初戀心理，也能將一般風塵少婦的心理變化寫得絲絲入扣，栩栩如生，細膩動人，讀來使人盪氣迴腸，令人叫絕。

一九六二年十月，明明出版社又出版了「星期小說文庫」之三十三，署名「周君」的《玻璃屋》。《玻璃屋》封底預告是：

> 「錢」有人說是人類最偉大的發明，也有人說是人類最愚蠢的發明。有人歌頌

「錢」的萬能，也有人咒罵「錢」萬惡。總之，這社會上確有許多人一生在銅錢的方孔裏進進出出地空忙了一生，但世界上又有誰能完全擺脫金錢的束縛。「錢」究竟是偉大？是愚蠢？是萬能？還是萬惡？通過一間《玻璃屋》裏所發生的動人故事，你將會找到一個滿意的答案。

此兩篇都是「四毫子」小說。

（七）衛斯理　一九六三年三月十一日

一九六三年三月十一日，倪匡以筆名「衛斯理」開始在明報上寫時裝動作小說《鑽石花》，這是「衛斯理傳奇」系列的第一篇。

筆名取自他坐巴士路過一個地方叫「衛斯理村」，認為「衛斯理」三個字

倪匡兩部「四毫子」小說：《歷劫花》與《玻璃屋》——

不錯，是捍衛眞理之意，實際「衛斯理」是一位法國傳教士的名字。「衛斯理」是流行程度僅次於「倪匡」的名字，倪匡晚年即自稱衛斯理。

（八）魏力　一九六五年四月十七日

一九六五年四月十七日，《武俠世界》第三〇〇期開始連載「女黑俠木蘭花故事」系列第一篇《巧奪死光錶》，署名「魏力」。取意是廣東話「毅力」的諧音。

倪匡寫「木蘭花」的靈感，並不是來自《藍皮書》裏面連載署名「小平」的「女飛賊黃鶯」系列，而是取自當時流行的詹姆斯．邦德電影，有意塑造一個女邦德形象。

《武俠世界》共連載「木蘭花」五十九篇（篇名從略）。第六十篇《無名怪屍》刊登在黃鷹創辦的《武俠小說週刊》。這就是目前流傳的「木蘭花」全套六十部的來歷。

《武俠世界》每連載完一部，隨即出版單行本，《巧奪死光錶》的初版是：一九六五年七月。

另外，《武俠小說週刊》還刊登另外一篇〈魔鬼海域〉，被認為是黃鷹偽作，從未列入坊間流傳的「木蘭花」系列。一九七八年春季，環球圖書雜誌出版社曾出版過單行本。

其後，倪匡的「業餘偵探高斯」系列在《明報周刊》和《明報》上的連載，「無名英雄列傳」在《武俠世界》上的連載，都是用「魏力」之名。單行本也有多種署名「魏力」。

（九）沙翁　一九六五年下半年

「沙翁」是倪匡在《明報》的一個專欄所用的筆名，筆名取自一款流行於港粵一帶油炸甜食的名字，與「莎士比亞」無關，據說當時倪匡之女倪穗要吃「沙翁」，倪匡遂順手取用，有朋友說如果當時倪穗要是說吃油炸鬼，那名字就叫油炸鬼了。

筆名使用的具體時間不詳，尚未查到。但據傳，一九六五年下半年倪匡在科幻小說《地心洪爐》（《明報》，一九六五年七月二十三日至一九六五年十月十九日）裏寫了衛斯理在南極殺了一頭白熊充饑。有讀者指出南極沒有熊，倪匡故意與讀者辯論，二人的唇槍舌劍即被發表在「沙翁」專欄，可知大致在一九六五年下半年即有「沙翁」。

署名「沙翁」的專欄有「赤足集」、「皮靴集」、「酒後集」、「大彈小唱」等多種，寫至一九八二年。

筆者認為，「沙翁」實際是在「九缸居士」之後，接替「九缸居士」的「魚齋清話」專欄。有待證實。

（十）九缸居士　一九六六年六月十一日

一九六六年六月十一日，倪匡在《明報》開設寫養魚的雜文專欄「魚齋清話」，筆名「九缸居士」。當時倪匡嗜養熱帶魚，家中有九個養魚缸，故名。專欄寫魚是假，抨擊時弊是眞。

（十一）嚴農　一九六六年九月二日

僅限目前所知，一九六六年九月二日，《武俠與歷史》第三〇三期連載《奇女子金秀劍故事》之「格外留神」，署名「嚴農」。共寫有三十餘篇，未見結集出版。

（十二）倪明　一九六六年冬季

一九六六年冬季，環球圖書雜誌出版社出版《地球保衛戰》，全一冊，「著作者」署名「倪明」。此書即為倪匡的《異軍》，連載情況不詳。「倪明」之名僅見於此。

（十三）危斯谷　一九六七年六月五日

一九六七年六月五日，《明報》連載科幻小說《賽馬年鑒》（至七月三十一日結束），署名「危斯谷」，連載時間段介於「衛斯理」的《不死藥》與《紅月亮》之間，因為不是「衛斯理」系列，故另取名，早期未見結集，後被收錄到《倪匡寫科幻》（香港豐林文化出版社，二〇一九年一月，施仁毅、王錚主編）。

（十四）沙斯舫　一九六八年四月八日

一九六八年四月八日，《明報》連載署名「沙斯舫」的「短篇推理小說」《密室兇案》，至六月二十九日結束，介於「衛斯理」的〈蠱惑〉和〈奇門〉之間，

共連載「沙斯舫」小說五篇，另有〈搜尋〉、〈洋娃娃〉、〈空中失踪〉、〈誰盜走了秘密〉，後轉載於《新明日報》（一九六八年四月十四日至七月六日），未見結集出版。

在臺灣遠景出版社出版的《三與四》（短篇奇情偵探小說集第二輯）的〈一些說明〉，倪匡自述說：「還很懷念那一批散失了的作品，得不到的東西總是好的，其中有幾篇，自己的印象十分深刻，有一篇是〈密室謀殺案〉，寫許多人寫過的題材，若有空，還要重寫出來。」

後經倪匡確認，指的即是這五篇「沙斯舫」作品。

（十五）危龍　一九六九年四月一日

一九六九年四月一日，《迷你》雜誌第十九期開始連載「浪子高達傳奇」

系列，署名「危龍」，共八篇，各自獨立成篇，分別是〈血美人〉、〈銷魂使者〉、〈水晶艷女〉、〈金球紅唇〉、〈珍珠蕩婦〉、〈紅粉妙賊〉、〈盜屍艷遇〉、〈妙手偷情〉。

（十六）洪新　一九六九年五月二十五日

一九六九年五月二十五日，《藍寶石》雜誌第九期開始連載「神仙手與毒玫瑰故事」系列，署名「洪新」。共三篇，每篇名字不同，但故事連續，分別是〈風流毒吻〉、〈玉女販賣團〉、〈迷魂艷遇〉。

（十七）田驄　約一九七〇年至一九七一年

約在一九七〇或一九七一年（具體日期待查），《明報》上連載特種委託公司創辦人金秀劍和特種保鑣葛森的「短小說」系列，署名「田驄」。

一九七一年冬季，環球圖書雜誌出版社結集出版，書名《香閨毒手》，又名《特種保鑣歷險記》，署名「魏力」，共九篇，獨立成篇，分別是〈人鬼之間〉（連載原名〈鬼〉）、〈鞋與神像〉、〈伏虎峨眉〉、〈香閨毒手〉、〈財來自有方〉、〈鑽石寶藏〉、〈恐怖俱樂部〉、〈神秘兄弟〉、〈碧綠噴泉〉。

（十八）李斯本　一九六六年六月三十日

一九六六年六月三十日，《天天日報》連載科學幻想小說《沸雨》。六月二十九日倪匡的《丹鳳天葩》連載結束，篇末有《沸雨》的「新作預告」：

> 這是一篇融偵探、鬥智、打鬥及科學幻想於一爐的奇情小說，設想之奇幻，結構之佳妙，懸念之緊張，處處緊扣心弦，令人拍案叫絕，是一篇非同凡響的作品，明日將繼《丹鳳天葩》在本刊刊出，敬請讀者留意。

《天天日報》此欄一直是倪匡在寫，故此猜測此篇不出例外的話，也是倪匡作品。

本條存疑待考。

（十九）魚齋　一九七〇至一九七二年

一九六九年創刊的香港《幸福家庭》雜誌，大致在第四十二期至一百期左右，有署名「魚齋」的專欄「貝殼畧談」。後來其中一部分文章結集出版，即是署名「倪聰、盧德（Rick Luther）」合著的《香港之寶貝與芋螺》（*Cories And Cones Of Hong Kong*）。

（二十）危中堅　一九八四至一九八五年

《武俠世界》在第一二六八至一三〇〇期，連載了武俠小說《孤雁南飛》，署名「危中堅」。實際是倪匡的《一劍情深》的重刊。倪匡是《武俠世界》數十年的撰稿人，報社有可能取得了倪匡的同意。

（二十一）狂笑生　一九六三年初

一九六三年初，臺灣《偵探雜誌》（週刊）開始連載倪匡的武俠小說《六指琴魔》，署名「狂笑生」。此週刊內容分兩大部分，一部分是翻譯的歐美偵探小說，來自香港《藍皮書》雜誌，另一部分是武俠小說，來自香港《武俠世界》雜誌，內頁排版與香港雜誌完全相同，未做變化。《藍皮書》和《武俠世界》的社長都是羅斌，《偵探雜誌》有可能獲得了羅斌授權轉載。這個署名並非倪匡風格，倪匡大概也未必知情，姑且存疑，立此存照。

（二十二）金川　一九六五年

一九六五年七月底，香港《人人小說》創刊，是一本雙週刊雜誌，作者陣

容比較強大，內容包羅萬象，有短篇創作、緊張武俠、偵探小說、間諜連載、宮闈小說、笑話連篇等等。其中連載的「緊張武俠」《萍踪劍影錄》，署名「金川」，實際是倪匡的《天涯折劍錄》，原來署名是「岳川、金庸合著」，此為轉載，署名也僅是「金川」一個，看來是「金庸、岳川」兩個名字合併而來。僅看雜誌，應該是正規出版，至於倪匡是否知道「金川」，不得而知。

目前搜集僅發現上述筆名，倪匡在不同時期使用這些筆名，寫成了據說是有史以來寫漢字最多的人，他已經出版的作品蔚然大觀，構築了屬於自己的文學殿堂，失傳作品還在不斷地被挖掘被發現被研究，巍峨的文學殿堂還在不斷地加大增高，而殿堂之主也成為一代傳奇。

倪匡與「虻居雜文」

倪匡投身報界，主筆的第一個專欄是《眞報》上的「虻居雜文」，所用筆名是「衣其」，第一篇正式署名「衣其」的是一九五八年八月十三日的〈一套大卸八塊〉。《眞報》上的這個專欄，並非倪匡所創，而是在倪匡入職《眞報》之前就已經存在，最早叫「虻居什筆」，由雷健主筆。倪匡加入後，這個專欄就交給了他，倪匡覺得「虻居」的發音跟廣東話「憨居」差不多，很好玩。

一九八四年十二月十九日，楊剛（即雷健）在「虻居雜文」專門寫了一篇〈解題〉，說明「虻居」名字的由來。楊剛在文中說：

「虻居」之「虻」，主要不是指附着於水牛身上的昆蟲，而是以小說「牛虻」

主人公的堅忍不拔精神自勉互勉，使自己不至於萎靡墮落。五十年代後期，衣其與我，在《眞報》上開了一個「虻居雜文」，兩人輪流寫，衣其寫多些，我寫少些。我寫文章的功力，尖銳性，當然遠不及衣其，但當年《眞報》社長陸海安先生的開明和衣其那枝筆犀利了得，「虻居雜文」風行一時，有許多讀者和交了不少朋友。

在江迅的《倪匡傳：哈哈哈哈》一書中，曾這樣評價「虻居雜文」：

倪匡寫專欄，總和別人有點不同。當時的專欄，作者多數講些身邊瑣碎雜文，他就專門講故事，或者描寫人物。每天一篇，都有完整的結構，有扎實的內容。不少老作者都誇這個專欄的短文寫得好，問題在於作者能不能持久，他們沒想到倪匡一開始就有備而來，他讀過很多書，雖然年輕，卻遭遇過很多難得的際遇，去了很多地方，結識了很多人。（第一二六頁）

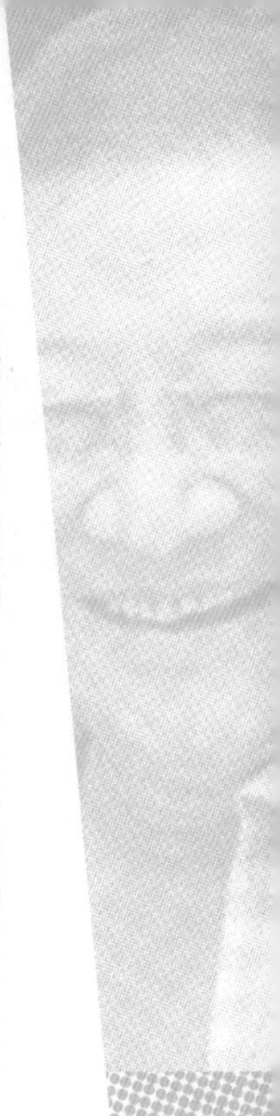

倪匡還是眞能持久，寫「虻居雜文」從一九五八年寫到一九六七年，最後一篇寫於一九六七年十月十五日，中間一九六五和一九六六年沒有寫，共寫了八年，一千三百多篇，以政論為主，兼有若干書評。雷健後來曾說：

> 衣其兄的雜文，是一把鋒利的匕首。前幾年，他的「虻居雜文」像一支支標槍……衣其兄單憑他這一支禿筆，就把那些人殺得人仰馬翻，什麼妖魔鬼怪，魑魅魍魎，統通在〈虻居〉的筆下，露出原形……（雷健〈歡呼衣其又殺出來了〉）

離開《眞報》之後，倪匡又把這種鮮明的雜文特色帶到了《明報》，又寫出如「皮靴集」、「眼光集」、「沙翁雜文」等很多精品雜文，成為他的文字王國裏一道奇異亮麗的風景線。

倪匡的第一部武俠小說《瑿紅印》

據目前資料統計，倪匡一生所著武俠小說，長中短篇合計有一百四十餘部，其中已出版的《六指琴魔》和未結集出版的《劍魂》兩部，長達百萬字。

他的第一部武俠小說是他在二十四歲時寫於《眞報》的《瑿紅印》。從一九五九年十月二十四日開始至一九六〇年一月二十七日結束，共九十五期，署名「倪匡」，這也是筆名「倪匡」使用的開始，並非其他資料上所說的「岳川」。

瑿，音「醫」，指黑色的美玉。瑿紅印，在書中作者描述是「色如點漆，黑得異樣，光隱隱寶流轉，約有五寸見方的一顆玉印」，其上有古篆「大本堂記」四字。

此方印並非作者杜撰，而是於史有據。明代王世貞在《弇山堂別集》記載：「高皇帝賜懿文太子白玉印，方一寸二分，曰：大本堂記。」高皇帝即朱元璋，懿文太子即朱標，這方璽紅印，就是朱元璋賜給太子朱標的，但朱標早亡，並未繼位當皇帝，而由朱標的次子朱允炆當了皇帝，即建文皇帝。後來發生靖難之役，燕王朱棣奪了皇位，即明成祖，建文皇帝下落不明，成為歷史一大迷案。

倪匡書名來源於此，歷史背景也設定在此，寫建文皇帝的一子（化名曾奎）一女（化名朱珠）攜帶着璽紅印逃亡江湖的故事。令人印象深刻的，是反派人物白髮魔女活骷髏玉嬌嬌，與梁羽生作品裏白髮魔女練霓裳的髮型同款。此人出場已經是前輩級人物，面目如骷髏，但身材等處無一不美，她追殺曾奎和朱珠，曾奎受傷吐血，朱珠找了一條絲巾包紮，「那絲巾展了開去，上面繡着彩色斑斕，栩栩如生的一雙鳳蝶，綉工奇精」，後來絲巾被玉嬌嬌搶了過去，玉嬌嬌打開一看，「兩眼定定地望住上面兩隻蝴蝶，起先是一動也不動，後來竟發起抖來，半晌，方才長嘆一聲，將那絲巾在頭上比比，又一聲長嘆，帶了絲巾，就飄然而去。」這個情節，看過金庸《神鵰俠侶》的讀者，都會想起李莫愁見到程英和陸無雙頸中所繫的錦帕情節吧？看來倪匡是一邊寫，一邊向金庸

學習。

《璽紅印》雖然是一個必要的道具，但出場很少，「璽」字難認難寫，報紙正文裏，此字都開了天窗，估計排字房裏都沒有此字，標題是手寫，倒無所謂。最強道具是「金英劍」，後來名列「武林七寶」之一。「璽紅印」後來被建文皇帝扔進了洱海，「金英劍」則在倪匡以後寫的好幾部武俠小說中出現。

此部作品後來由香港大衆出版社結集出版，遠東書報社發行，分上中下三集，易名為《金英劍》，卻掛名在「梁羽生」名下。當時梁羽生已有「新派武俠小說鼻祖」的名頭，名氣比倪匡大得多，自然為了銷售的緣故，但偏偏倪匡不服氣梁羽生，為此而意難平。

此部雖連載完結，但實際情節未完，僅寫到在洱海之畔建文皇帝父子相會暫告一段落，但倪匡緊接着就寫了續集《七寶雙英傳》，故事承接《金英劍》，《七寶雙英傳》之後是《煞手神劍》，成為《金英劍》三部曲。此三部都由大衆出版社出版，也都是掛在梁羽生名下。

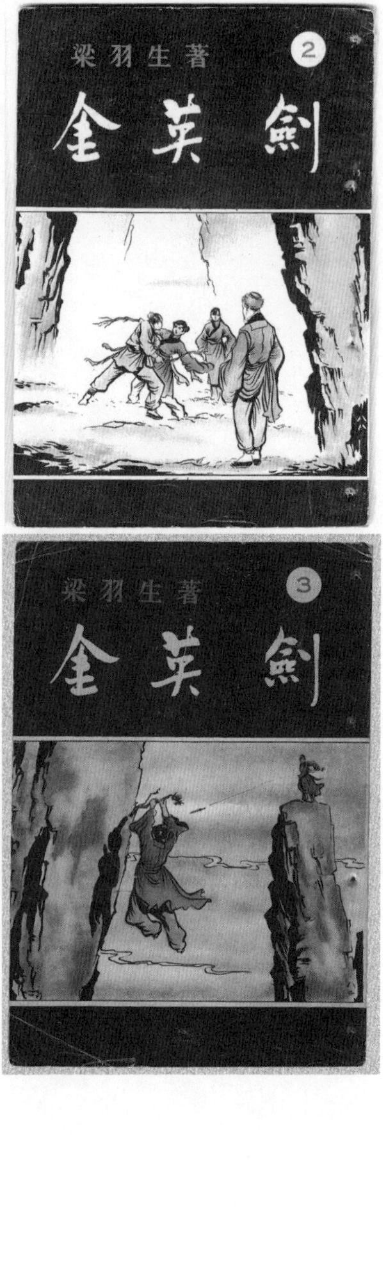

當初大衆出版社出版倪匡的《金英劍》，卻掛名在「梁羽生」名下。

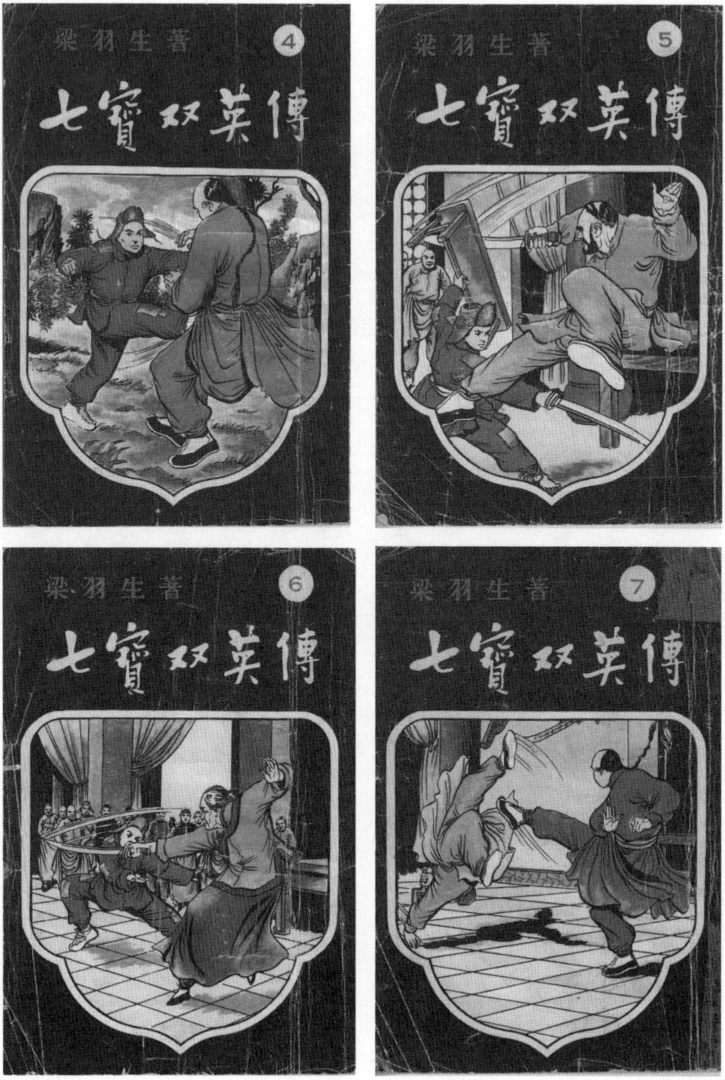

另一部倪匡著作《七寶雙英傳》，也都是掛在梁羽生名下。

後來出版的《金英劍》，終於正名，歸入倪匡名下。

《和尚搶書》和〈血染奇書紅〉

在江迅的《倪匡傳：哈哈哈哈》（明窗出版社，二〇一四年七月）書中記載：

> 倪匡用筆名「岳川」開始在《武俠與歷史》寫武俠小說。除了寫短篇，還寫了長篇《和尚搶書》，寫一大群和尚去搶一本經書。（第一三一頁）

實際上，此條資訊最早出自蔡瀾的《老友寫老友》（天地圖書出版社，二〇〇六年七月）裏的「生飯」篇，原文是倪匡和蔡瀾對話：

> 「張徹介紹了董千里給我，都是上海人，談得來，他當時編的《武俠與歷史》，

也是《明報》出版的，我就開始在那裏寫武俠小說。」（倪匡）

「用什麼筆名？」（蔡瀾）

「叫岳川。」倪匡兄說。

「第一篇的名字記得嗎？」

「短篇不記得，長的叫《和尚搶書》，寫一大群和尚去搶一本經書。」（第二〇五頁）

據此線索，經查《武俠與歷史》雜誌，終於在第八期（一九六〇年三月二十一日）裏找到一篇〈血染奇書紅〉，故事情節正是「一大群和尚去搶一本經書」。

故事情節是少林寺老方丈圓寂了，留下一部奇書《達摩尊者九年面壁錄》，包含了天下全部武功，引發了所有少林弟子的激烈爭奪，最後無一倖免，奇書反而落入一個覬覦已久的火工頭陀手中，當火工頭陀志得意滿要離開少林寺的

時候，詐死的老方丈又擊斃了他，老方丈攜書而去，留下了一句話：「生前枉費心千萬，死後空留手一雙」。

正文之前，還有一段前言：「這是一篇別開生面的武俠小說，結構之奇，題材之妙，在在令人拍案叫絕。描寫人性之險惡，更為透徹。」

經倪匡確認，〈血染奇書紅〉正是他念茲在茲的《和尚搶書》，他自己記憶有誤，署名不是「岳川」，而是「倪匡」；不是長篇，而是短篇；也不是第一篇，而是第二篇，第一篇是〈萬丈懸崖〉。前言是董千里所寫。

每月三期 武侠与歷史 逢一出版

第八期 一九六〇年三月廿一日出版

港幣八角 零售每冊
出版者：武史出版社
督印人：沈仲森
編輯者：武史出版社編輯部
承印者：朗文印務公司
總代理：鄧栢記報局
封面設計：歐陽蕎
封面彩印：良友印刷廠

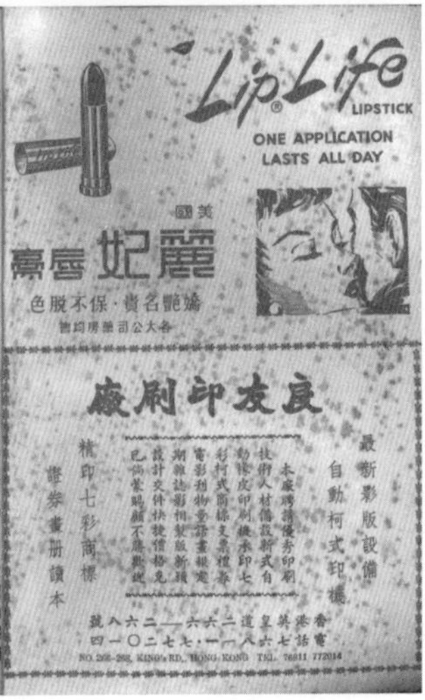

當年發表在《武俠與歷史》雜誌的〈血染奇書紅〉

韋潛子述評《青劍紅綾》

《青劍紅綾》是倪匡在《武俠與歷史》上連載的第一部長篇武俠小說，從第四十期（一九六一年二月十一日）開始，至第八十二期（一九六二年六月一日）結束，共四十三期，署名「岳川」。

此書是倪匡得意之作，倪匡晚年曾津津樂道，說當年金庸也誇讚寫得好。雖然沒見到金庸對此留下的文字，但金庸委託韋潛子先生，在《武俠與歷史》上發表長篇武俠小說評論〈論武俠小說之人物與故事——兼評六大武俠小說名家〉（《武俠與歷史》第四十七期至第八十期），其中評論倪匡部分，是報紙報刊首現比較系統地評論倪匡作品的文字，韋潛子先生用了四千字專門評論《青劍紅綾》，不吝讚美之詞，摘錄部分如下：

——倪匡武俠小說中最好的一篇，在我看來，仍是目前正在發表中的《青劍紅綾》，這本書在故事上，人物上都有特殊精彩處。雖然故事尚未完全發表，已經有許多可談的地方了。

——《青劍紅綾》一開頭就用特別的佈局，倪匡用了一個在一般武俠小說中很少用過的故事線索。他讓許多武林名家應邀到一個地方去，不是去比武尋仇，而是去「認人」。原來他寫一個面目殘壞的怪人，出現在一個名山上，他似乎精通各派武功，但人已成白癡，不會說話。他被青靈道人發現了，這個玄門高手看他武功奇高，十分驚異，就約了各派人物來認人。故事這樣開場，先設下一個難解之謎，然後逐步來解決，於是，作者寫了盧春燕這個女孩子，又引出苗疆故事，而令阿秀登場。

——作者前半截寫盧春燕的遭遇，又引出了韋孤這個青年及姬傲天這個老魔，已經說明了怪人之受傷，大半由於金眼神獼這個怪獸，而他的成為癡呆，則是受了邪派金鐘之害。

——追魂金鐘引出韋孤這個人物，作者構想甚妙。尤其配上阿秀與盧春燕仗了易容丹喬裝男子一段故事，更使人覺得詭異有趣。

——盧春燕喬裝男子，戲弄群雄一節，原是神來之筆。寫通天神魔焦老化名與會，直到最緊要關頭方點穿，也令人叫好。

——依我記憶所及，武俠小說中，寫徒弟與師父各自喬裝易容，而恰巧碰在一起，彼此認不出來，還是很少見的寫法。倪匡平時雖也能設計奇怪故事，但都不像這一段寫得完全獨出心裁。

——《青劍紅綾》這書在倪匡的武俠小說中，確是最好的一部。現在雖未完成，我想作者決不會虎頭蛇尾的。因為，這部書是倪匡最近的作品，因此，我覺得它也可以代表倪匡目前的功力了。

我們看這部書，可看出倪匡構思之巧，用力之勤，特別是在避免墜入窠臼時用心之細。

倪匡武俠小說代表作《青劍紅綾》書影

我說「沙斯舫」是倪匡

一九六八年四月八日，《明報》連載署名「沙斯舫」的「短篇推理小說」〈密室兇案〉，至六月二十九日結束，介於「衛斯理」的〈蠱惑〉和〈奇門〉之間，共連載「沙斯舫」小說五篇，另有〈搜尋〉、〈洋娃娃〉、〈空中失踪〉、〈誰盜走了秘密〉，後轉載於《新明日報》（一九六八年四月十四日至七月六日），未見結集出版。

筆者在友人幫助之下，用《新明日報》做底本，將「沙斯舫」五篇整理了出來，這五篇推理小說，都是以第一人稱「我」來寫的，這與「衛斯理」是一個寫法，每篇故事都並不複雜，但反轉都非常出色。筆者認為是倪匡的作品，但從未見過倪匡用過筆名「沙斯舫」，曾以此五篇故事求證於廣大倪迷，結果連資深的倪迷意見也並不統一。有倪迷曾將〈密室兇案〉的故事大意，傳給倪匡，倪匡說：「非常遺憾，一點兒印象都沒有了。」

筆者心有不甘，認為倪匡記憶有誤，於是翻查倪匡各種作品，尋找蛛絲馬跡。在《明報》連載的〈密室兇案〉之前，是「衛斯理」的〈蟲惑〉，結尾未見異常，僅是預告說「明天起改刊短篇推理小說，沙斯舫著，〈密室兇案〉」。再查之後的〈奇門〉，〈奇門〉的開始是這樣寫的：

有的時候，人生的際遇是很難料的，一件全然不足為奇的事，發展下去，可以變成一件不可思議的怪事，像「奇門」這件事就是。在這幾個月中，新的奇事一直困擾着我，那實在是一件神秘之極的事，所以使我非將之先寫出來不可，這件事，就是現在起所記述的「奇門」。

初看感覺也沒有任何異樣，但筆者發現自己犯了一個自己都沒有察覺的錯誤，

就是這段文字是現在通行本的開頭，是否就是當初《明報》連載的原文呢？筆者抱着這一絲疑惑，再查《明報》連載的〈奇門〉，發現還眞是不一樣，連載版裏是這樣寫的：

> 在寫完〈蠱惑〉之後，到現在又有幾個月了，本來在接着〈蠱惑〉之後，是另有一篇要寫的，那篇的題目是〈影子〉，但當我再執筆的時候，卻改變了計劃。因為在這幾個月中，一件新的奇事，一直困擾着我，那實在是一件神秘之極的事，所以使我非將之先寫出來不可，這件事，就是現在起所記述的〈奇門〉。

這就有點兒諜影重重了，〈蠱惑〉之後，倪匡不是沒有醞釀好要寫的，反而是要寫的太多了。但是，偏偏又都沒寫，半路上殺出一個「沙斯舫」，搶佔了倪匡的地盤，難道眞有傳說中的不是猛龍不過江，《明報》上副刊的地盤有多珍貴不知道嗎？

筆者隨後又在臺灣遠景出版社出版的《三與四》（短篇奇情偵探小說集第二輯）的〈一些說明〉中，發現倪匡自述說：

一直喜歡看偵探小說，西方的，日本的。中國也有很好的偵探小說，程小青的「霍桑探案」走的是較正宗的推理路子，孫了紅的「俠盜魯平」走的是奇情的路子。所以，當選定了寫作職業之後，也寫了不少偵探推理小說，大都不是很長，每篇兩萬字左右。

這段話裏的「每篇兩萬字左右」的偵探推理小說，指的就是這個「短篇奇情偵探小說集」，即「業餘偵探高斯系列」。倪匡接着又說：

還很懷念那一批散失了的作品，得不到的東西總是好的，其中有幾篇，自己的印象十分深刻，有一篇是〈密室謀殺案〉，寫許多人寫過的題材，若有空，還要重

寫出來——當然，以後再寫偵探推理小說，一定比這些更會成熟得多。

此則「說明」提供了一個重要的篇名〈密室謀殺案〉，與「沙斯舫」的〈密室兇案〉何其相似。〈密室兇案〉連載於一九六八年四月八日，這篇說明則寫於一九八二年五月二十五日，十四五年的時間，寫錯一個篇名也很正常吧。於是將〈密室兇案〉全文電郵發給倪匡，再次向倪匡求證，並告知筆者的考證情況。

倪匡回覆說：

「不必再考證什麼了，毫無疑問這篇是我的作品，且是得意之作：密室謀殺，死者是兇手，這樣好的情節，別人也想不出，這情節我一直記得的。這篇既肯定，其他的也就沒有問題了。」

失傳的「女黑俠木蘭花」第六十一集《魔鬼海域》

一九六五年四月十七日，《武俠世界》（社長羅斌）第三〇〇期開始連載「女黑俠木蘭花故事」系列第一集《巧奪死光錶》，署名「魏力」。「魏力」是倪匡為了寫此系列而新取的筆名。

「魏力」在《武俠世界》共寫了「女黑俠木蘭花故事」五十九集，因為每集獨立成篇，故每連載完結一集，即由環球圖書雜誌出版社出版單行本。從一九六五年七月出版第一集《巧奪死光錶》，至一九七四年春季出版第五十九集《無風自動》，至此全部五十九集出齊，單行本都是署名「魏力」。

一九七八年三月，黃鷹創辦《武俠小說週刊》，在第七期連載「新女黑俠木蘭花故事」《無名怪屍》。

一九七八年五月，由其旗下武俠圖書雜誌社出版了《無名怪屍》單行本，封面印有「新女黑俠木蘭花故事」字樣，署名「魏力」，書前有一則〈出版聲明〉：新女黑俠木蘭花故事之《無名怪屍》，原於本社《武俠小說週刊》獨家刊載，於刊載完畢之後，由本刊輯成單行本，編排上與前五十九集（《巧奪死光錶》至《無風自動》）有異，以示有別，版權所有，獨家出版，讀者請認明「武俠圖書雜誌出版社出版」購買，對於無德之翻版商人，本社必循法律途徑控之於法，絕不徇情，以儆效尤。

《無名怪屍》正文之前，除了〈出版聲明〉，還另有〈引言〉：

> 「女黑俠木蘭花故事」從第一集《巧奪死光錶》開始，到《無風自動》止，總共已出版五十九集，故事中的人物，如機智深沉的木蘭花，直爽勇敢的穆秀珍，沉默慎密的安妮，衝動豪放的高翔，熱情坦率的雲四風等，在讀者心目中均有一定印象，奈因作者魏力先生事務太忙，以致擱筆良久。本社以木蘭花故事中人物生動，

> 就此任憑淹沒，未免可惜，是以重金禮聘，終於邀得魏力先生答允，重寫「新女黑俠木蘭花故事」，除了保持固有的高度趣味性和懸疑性，魏力先生且立志注入新的內容，使「新女黑俠木蘭花故事」有新的境界，更加精彩，乃是意料中事。

這則〈引言〉，確定了《無名怪屍》名正言順的地位，於是此書與環球圖書雜誌出版社前期出版的五十九集，合為六十集，即為現今流傳的「女黑俠木蘭花故事」六十集的由來。

但在《無名怪屍》的結尾，又有一則〈名著預告〉，預告的內容是「『新女黑俠木蘭花故事』之二——《魔鬼海域》，單行本即將出版，敬請密切留意出版的日期」。

但是，卻沒有見到武俠圖書雜誌社出版《魔鬼海域》單行本。

經查，原來《魔鬼海域》連載於《武俠小說週刊》創刊號至第六期，也就是在《無名怪屍》之前，但《無名怪屍》出版在前，反而不見《魔鬼海域》單

行本踪影，也沒有加入到六十集的木蘭花全集之中。於是，被認定為黃鷹偽作。

經向作者倪匡本人了解，倪匡回憶説，當時寫「女黑俠木蘭花」的靈感來自當時香港熱映的詹姆斯．邦德電影，《武俠世界》老闆羅斌要倪匡寫一部類似的跟風題材，倪匡盛情難卻，卻又另闢蹊徑，塑造出了一個女邦德形象，最初連續寫了五十二集，稍後又寫了七集，共五十九集。後又受黃鷹所邀，為其寫了《無名怪屍》，卻不記得《魔鬼海域》。

二〇一八年，有書友從東南亞找到《魔鬼海域》單行本，出版日期是一九七八年春季，由環球圖書雜誌出版社出版。同時，也有書友查到了《魔鬼海域》的最初出處，是在羅小雅創辦的《益智》雜誌（半月刊，創刊於一九七六年一月八日）。目前所見《益智》第八期連載的《魔鬼海域》是第四集，按推算首載第一集應在《益智》第五期，即一九七六年三月八日，早於《武俠小説週刊》兩年左右，《武俠小説週刊》是轉載。

推測當時實際情況，很可能是倪匡在《武俠世界》停寫之後，羅小雅創辦

《益智》邀請倪匡賜稿，倪匡就寫了《魔鬼海域》，但木蘭花這塊招牌的版權在《武俠世界》，不便聲張，就不提了事。等到倪匡再給黃鷹的《武俠小說週刊》寫，重新命名為「新女黑俠」，以示區別《武俠世界》，故此《無名怪屍》版權在《武俠小說週刊》，由武俠圖書雜誌社出版，也並未編入環球圖書雜誌出版社的序列。其後有臺灣金蘭版、魯南版和香港利順版、交流版等等，才加入《無名怪屍》，成為六十集，但始終沒有《魔鬼海域》，《魔鬼海域》後來如何回歸環球圖書雜誌出版社，原因不詳。

以此來看，《魔鬼海域》絕非黃鷹偽作，黃鷹沒有理由在自己創辦刊物的兩年之前，跑去羅小雅的地盤，冒充倪匡去寫一集故事，羅小雅更沒理由自己偽冒，只能是倪匡眞正作品，而且從寫作時間上看，《魔鬼海域》才是眞正的第六十集，《無名怪屍》是第六十一集才對。

《魔鬼海域》故事大意是：

雲四風駕駛「兄弟姊妹號」前往日本參加一個重要的工業原料會議，在航

程中給穆秀珍發出求救信號後失蹤。木蘭花和穆秀珍駕駛水上飛機來到雲四風失蹤地點，發現這片海域是太平洋中海水最深的地方，號稱「挑戰者深水區」。二人潛入水下一無所獲，鑽出水面卻發現水上飛機也失蹤了。木蘭花二人被一艘神秘船隻帶到水下，赫然發現深水之下竟有一個王國，而王國的主持者，竟是第二次世界大戰中，策劃偷襲珍珠港的日本帝國海軍大將，大將被美軍擊落竟是他自導自演的把戲。木蘭花二人在深海王國中找到了雲四風，同時也找到了世界各地失蹤的，上百個在各自領域內頂尖的科學家，曾經的海軍大將，又要幹什麼呢？——敬請閱讀原著。

環球版《魔鬼海域》

一 危險呼號 深海驚魂

夜很靜，安妮一面咬着手指，一面振筆疾書——安妮雖然已經是大學生了，可是她咬手指的習慣總是改不了。木蘭花坐在一旁看書，不時抬起頭來，向安妮望上一眼，直至安妮鬆了一口氣，放下了筆，她才笑着問道：「找到了好題材？」

安妮的臉上，泛起滿足的笑容，道：「我在反駁一種論調！」

木蘭花闔上了手中的書，準備靜聽。安妮是一個沉默寡言的女孩子，可是木蘭花看出她現在有一種要將自己意見暢加發表的慾望。安妮揮着手，道：「有一些人認爲，科學發展到今日的地步，發明家已經沒有甚麼可做的了，他們的論點是：人類要用的東西都已經有人發明了，所以，很難再有新的發明！」

木蘭花微笑着，道：「那你準備怎樣去反駁呢？」

安妮的神情充滿了自信，道：「首先，我否定了人類的科學進步已到了極限的這種說法。我認爲人類的科學只不過是起點。其次，我舉了幾個例子，說明就在我們眼前，每一個人都可以看到和接觸到的事物，人類就根本未加以利用！」

木蘭花揚了揚眉，道：「例如——」

安妮立時接上口，道：「例如水。水是最普通的東西，地球上到處都有，可是有誰想到過水是兩個氫原子和一個氧原子的化合物？如果有一種簡單的方法，可以將水分解成爲氫和氧，那就是世界上最大動力的來源！」

木蘭花鼓了幾下掌，道：「說得好，人類的毛病之一是好高騖遠，對於就在眼前的東西，反倒不加注意。」

1

《魔鬼海域》內文

壞鬼書生寫神仙作品——「神仙手與毒玫瑰故事」

二〇〇六年七月，香港次文化堂出版了兩本奇書——《老鹹書》之一與之二，作者署名「江湖忠人」。所謂「老鹹書」，就是指色情書刊，又稱成人雜誌，「是以美女裸體或情色文章為主打的激情消費品」，「但也確是一種最能反映出通俗文化的時代刊物」。

香港老鹹書興起於六十年代末，輝煌於七十年代，落幕於八十年代初，至於說還有苟延殘喘的，也是蟬曳殘聲過別枝了。

在眾多老鹹書之中，其中有兩種與倪匡有關。一個是《迷你》，倪匡著名的「浪子高達」系列即是在此雜誌上連載的；另一個是《藍寶石》，連載的是倪匡的另一個浪子系列「神仙手與毒玫瑰故事」。

據江湖忠人介紹：

《藍寶石》是一本較有品味和文化水準的老鹹書，其骨子裏當然是販賣色情的了，但就包裝得頗高格調，絕不赤裸下流。……我非常喜歡書末的幾篇情色小說，寫得實在有料到，是有情節有筆法有新意的名家手筆，這在今天已很難看到，只可惜不知那幾位筆名叫「落花樓上客」、「小亞」、「杜其」、「湯力」、「夢特」和「洪新」的作家是誰，也許就如鄙人一樣，是個靠秘撈搵食的壞鬼書生吧！

文中提及的「洪新」，即是當時已經鼎鼎大名的倪匡先生。

《藍寶石》雜誌創辦於一九六八年十月，月刊，主編蔡爾，美術方三，作者陣容非常之強大，不僅有著名的通俗小說作家如倪匡、何行、三蘇、過來人（蕭思樓）、杜其（依達）、李文庸等，也有嚴肅文學作家如也斯、崑南等，以及難以考證眞實身份、隱身其間的名家。發行至第九期（一九六九年五月廿

五日），改為半月刊，並在〈藍寶石革新啟事〉上特別介紹：

> 洪新先生是本港一位著名小說家的化名，他惜文如金，但經過本刊力邀之下，答應替我們撰寫奇情香艷小說「神仙手與毒玫瑰故事」。名家妙筆，端的是字字珠璣，行行精彩。

其他還有何行每期寫一篇的「香港聲色生活」系列，都是一期完的艷情小說，「敢誇篇篇精彩，妙筆生花」，上官筆先生每期完的「艷情武俠小說」，「其構思之精密，情節之緊湊，你不看到結尾，定不會知道故事的結局」。

筆者曾有機緣畧看過一些它所刊載的內容，《藍寶石》還眞不是說大話，在同類型的雜誌之中，它的文學品質和價值都是首屈一指，可以媲美《老爺車》、《迷你》等知名雜誌。老鹹書拼到最後，拼的並不是美女，而是文化底蘊。

倪匡化名「洪新」所寫的「神仙手與毒玫瑰故事」，共分三部，分別是《風流毒吻》、《玉女販賣團》和《迷魂艷遇》，從第九期連載至第二十期（一九七〇年二月一日）結束，雖然是三個故事，但三個故事前後銜接，可視作一個故事的三個部分。講述的是「神仙手」高飛和犯罪集團首領毒玫瑰鬥智鬥勇的故事。高飛與「浪子高達」是相同的人物類型。倪匡的作品之中，主人公姓高的較多，業餘偵探高斯、浪子高達、神仙手高飛，還有「木蘭花」裏的高翔，曾問倪匡為何偏愛姓「高」，難道另有故事，倪匡說：「人物姓高，理由簡單，寫起來容易，草書兩劃而已。」

神仙姐姐不知從哪裏來——解密《太虛幻境》

眾所周知，倪匡先生除了寫科幻小說、武俠小說，還寫過情色小說，最著名的是浪子高達系列，含有八個獨立的故事，其次還有未曾結集的神仙手與毒玫瑰故事，即高飛系列，由三個劇情連貫的故事組成，還有一些不成系列零散的擦邊球官能小說等。此一類情色小說之中，最令人動情生色的，則是並不太為讀者注意的《太虛幻境》。

我曾經問過倪匡：「您寫哪篇小說感覺最累？」

倪匡想了想說：「有一部小說不是感覺最累，而是感到崩潰，中途曾經輟筆，停寫了好久。那書叫《太虛幻境》，不知道你看過沒有？」

我聽後大笑，然後說：「上了您的當，那書還叫《游俠列傳》，以為是寫古代那些遊俠的傳奇、傳記呢，結果卻是兩個人名，一個姓游，叫游俠，另一個姓列，叫列傳，傳，不是傳記的傳，而是傳送的傳。又搞文字遊戲。」

倪匡聽我說上當，立時笑眯眯，讀者誤中他的小把戲，他是覺得很有趣。他之前寫衛斯理系列，也有一些這種文字遊戲的書名，像《運氣》等。

《太虛幻境》是香港利文出版社出版的一本較薄的書，怎麼能令下筆千言倚馬可待的倪先生有這樣窘境呢？自然還要追根尋底，我最好奇內幕了，有緋聞更好。

倪匡嘆口氣說：「我自己作繭自縛嘛。那書與我別的書都不一樣，我在每個章節之前，都挑選一些唐詩宋詞元曲啥的，配合正文內容，我寫小說一點兒都不累，是找那些個詩詞曲牌才累。」

我後來特意統計了一下，《太虛幻境》全書總共十九個章節，總共節選了三十五個詩詞，當然也不止詩詞，而是上迄《論語》、《孟子》，下至曹雪芹的《紅樓夢》，其中詩詞組的有白居易、杜牧、王維、劉克莊等，曲牌組的有

徐再思、許光治、梁履將、孔尚任、關漢卿等，小說組的則有干寶的《搜神記》、郭璞的《山海經》、蒲松齡的《聊齋》以及《金瓶梅》、《紅樓夢》等，還有不好歸類的白行簡等。作者群中有耳熟能詳的白居易、孔尚任、曹雪芹等，也有根本沒有聽說過的柴靜儀、紀映淮、不忽朮等，都不知道是哪路神仙。真是難為倪匡尋找，還要與正文內容熨貼吻合。

我又笑說：「誰讓你炫技了。」本想說，真是自作自受啊，又強忍住了。

倪匡說：「只好下不為例，後來也就沒有下次了。」

其實倪匡絕不是炫技，而是想要嘗試一下，只是沒有想到在束縛之下，失去自由的寫作會如此艱難。

《太虛幻境》是倪匡應邀為《花花公子（中文版）》（*PLAYBOY*）所做。在第五期（一九八六年十二月版）連載了第一至第七章節，也就是利文版實體書的第一至第七章節。標題是「水晶球中的迷惑」，此為「游俠列傳故事之一」。每個章節還附有小標題。游俠僅在第七章的末尾才出場。

時隔近兩年，自《花花公子（中文版）》第二十七期（一九八八年十月號）開始連載「游俠列傳故事之二」，標題是「太虛幻境」，重新編排章節，連載的第一章即對應利文版的第八章，不再列有小標題，直至第三十八期（一九八九年九月號）結束，對應利文版的第八章至第十九章。

一九九〇年三月，利文出版社出版了《太虛幻境》，附有小標題「游俠列傳之一」。實際「水晶球中的迷惑」（即第一至第七章）才是「游俠列傳之一」，《太虛幻境》（即第八章至第十九章）是「游俠列傳之二」，利文版的封面標題搞錯了，內容卻是完整無缺的。

《太虛幻境》實際是鹹濕小說，倪匡對鹹濕小說並不避諱，晚年時尚且對年輕時所閱藍白黑的小說《新浮生六記》念念不忘，倪匡認為「鹹濕小說着重寫性活動，性活動的描述要多，要為主，而不是點綴」，但同時也特別聲明，「鹹濕小說最吸引讀者處，當然也就是性活動的描述部分，可是它必須先是好看小說，才能是好看鹹濕小說。若去了小說部分，那就是如今在網上可以看到的那

種，也可一看，卻不會有好看小說的樂趣。」（〈鹹濕小說〉，《倪匡吾寫又寫》之三，明窗出版社，二〇〇九年七月）雖如此說，但也曾不無遺憾地說：「假如我年輕時，鹹濕網頁已經面世，我都一定會瀏覽，何需閱讀鹹濕刊物？」（〈鹹濕何需禁止？〉，《與倪匡對談》，二〇〇九年九月二十三日）

我又問倪匡，為什麼放棄之後間隔近兩年提筆又寫？

倪匡坦言說：「原因要說有，就是自己很喜歡游俠和列傳這兩個人物，列傳實際可以是衛斯理、原振俠、亞洲之鷹羅開、浪子高達、神仙手高飛、年輕人當中的任何一個，游俠在第一個故事裏剛出場，還沒有情節給他呢，另外一個原因就是，寫第二個故事選用詩詞，不再拘泥於唐詩宋詞元曲，而是任何合適的句子就行，不管《論語》、《孟子》，古代筆記，還是金元戲曲、明清小說，給自己大開方便之門，找起來就不會縛手縛腳了。第二個故事開頭就直接抄了《紅樓夢》第五回的一句『神仙姐姐不知從哪裏來，如今要往哪裏去，我也不知這裏是何處，望之攜帶攜帶』，這就省事多了。」

我暗自好笑，最後又問倪匡一個比較八卦的問題，怎麼寫起這類情色小說，難道有什麼邪門目的？

倪匡大笑，「什麼邪門目的，完全是東家需要。我是按需供貨。」

回首仔細一想，果然如此。

「浪子高達」出自《迷你》，「神仙手與毒玫瑰」出自《藍寶石》，而《游俠列傳》出自《花花公子（中文版）》，哪一個不是當年鼎鼎大名的情色雜誌啊！恐怕還有若干精彩之作尚未被挖掘出來，革命尚未成功，同志仍需努力，鹹濕來日方長，敬請拭目以待。

《太虛幻境》書影

高斯疑雲

倪匡先生自己寫小説，也嗜讀別人的小説，金庸的自不必説，只要好看，無有不愛，只要好看，不限類型，偵探推理小説也不例外。他曾説：「最愛閱讀推理小説，故事佈局精彩的話，的確引人入勝。不少出版商深知我的喜好，故不時會寄來著名推理小説家的新作。」曾經令他看得「過癮之至」的有島田莊司的《異邦騎士》、殊能將之的《剪刀男》、東野圭吾的《布魯特斯的心臟》等等，都出現在他的文章之中，尤其是法月綸太郎的《一的悲劇》，認為是「其好無比」，書尚未讀完，已經忍不住去猜兇手是誰。倪匡覺得「故事的主要人物不多於十個，兇手一定不出那幾個目標人物，否則就不合理」，於是就一邊看一邊猜，先猜一個，不是，再猜一個，還不是，讀到全書只剩下十數頁了，先不看了放下睡覺，翻來覆去睡不着，還在想兇手是誰，突然想到「就係佢喇！一定係佢！」翻身起來再看，「又錯」。一鼓作氣看完，知道兇手是誰，而且非常合理，不由得「佩服！佩服！」

俗話說「臨淵羨魚，不如退而結網」，但倪匡自己並沒有寫過此類長篇推理小說，僅僅寫過短篇的「業餘偵探傳奇」，也就是俗稱的「高斯」系列。高斯的人物身份設置，卻並非偵探，而是攝影記者，與他搭檔的李玉芳是警察，故事本身推理味道並不濃厚，不如「沙斯舫」系列，連載時也沒有稱之為「推理小說」，而是「驚險小說」。

「高斯」系列，香港最早版本由環球圖書雜誌出版社出版，共三集，系列名稱為「業餘偵探傳奇」，分別是《鬼照片》（七篇故事，一九七一年春季）、《霧夜煞星》（八篇故事，一九七一年夏季）和《魔鬼的舞蹈》（七篇故事，一九七一年夏季），署名「魏力」，共二十二個故事。臺灣最早版本比香港環球版晚出十一年，由遠景出版事業公司出版，共四集，系列名稱為「短篇奇情偵探小說集」，分別是第一集《金酋長》（七篇故事），第二集《三與四》（八篇故事），第三集《鬼照片》（七篇故事）以及第四集《擒兇記》（七篇故事），出版時間均是一九八二年六月，署名「倪匡」，共二十九個故事。其中後三集故事對應香港環球版的全三集故事。而第一集《金酋長》的所有篇目，卻是沒有對應的香港環球版，而且，也沒有其他的版本與之對應，也就是說，晚出的臺灣遠景版比早出的香港環球版多出了一集的內容，多了七篇故事，這一集從何而來呢？

這就是曾令倪迷困惑的「高斯疑雲」。

經過查考，「高斯」系列最初連載於《明報周刊》，並非《明報》。《明報周刊》創刊於一九六八年十一月十七日（按後面期數推測，筆者並未見過創刊號），創刊伊始，即連載「高斯」系列之一〈晚禮服〉。每篇故事均為「四期完」，因為是周刊，可以認為每月一個完整故事，前四期是〈晚禮服〉，再四期是〈鬼照片〉，再接下來四期是〈水中寶盒〉……請注意，香港

倪匡署名「魏力」出版的「業餘偵探傳奇」《鬼照片》

另一部「業餘偵探傳奇」《霧夜煞星》

環球版的故事篇目順序，即是《明報周刊》的連載順序，而臺灣遠景版後三集的故事順序也是如此。

連載與結集本的個別篇目名稱有不同，如結集本〈怪人奇騙〉，連載原名「土王子」。

推測《明報周刊》連載至一九七〇年七月（具體日期不詳），至〈催眠乏術〉結束。按香港環球版的總篇目，應為二十二篇。但是，這裏存疑。

注意一下最後一篇〈催眠乏術〉的開篇兩段，是這樣寫的：

> 開珠寶公司的傑米，遇到了一個大騙子，但是他居然沒有損失，這全是搗蛋小汪的功勞。搗蛋鬼一輩子搗蛋，可是這一次，卻幫了傑米的大忙，傑米感激之餘，大擺筵席，宴請朋友。

上面這一段，是「書接前文」的「話說」，接下來，是正文。

香港環球版和臺灣遠景版都是這樣的，按第二段「書接前文」的意思，那麼前文應該是傑米和搗蛋小汪的故事，但實際上，前一個故事是〈妖女煞星〉，根本不是傑米和搗蛋小汪。按照這個提示，在〈催眠乏術〉之前，理應還有一個傑米和搗蛋小汪的故事。目前無法查到《明報周刊》，而臺灣遠景版明顯是承襲香港環球版而來，篇目一致，也並不存在這樣一個故事，只能存疑，以待考證。

有意思的是，臺灣風雲時代出版社於二〇〇四年重新出版了「倪匡私房書系列」之「高斯探案」，將原有的篇目排列順序打亂，〈催眠乏術〉的前一篇變成〈霧夜煞星〉，而且把〈催眠乏術〉開篇的第二段那句話刪掉了，本來就是一句閒話，對正文毫無影響，讀者看不到，也就無從懷疑什麼「書接前文」了，這也是文字的毀屍滅跡吧。

倪匡在《明報》上再寫「高斯」系列，比《明報周刊》晚四五年，大致是在一九七五年，不僅重新登載了在《明報周刊》上的故事，而且，又寫了〈金酋長〉等新故事，也就是臺灣遠景版第一集的內容。所以，從時間上看，香港環球版結集的僅是《明報周刊》的連載，作者尚未寫〈金酋長〉等故事呢，自然無法結集，而臺灣遠景版後出，結集的不僅是《明報周刊》連載的，還有《明報》上連載的，所以，比香港環球版多出一集。倪迷也不要再尋找《金酋長》的香港早期版本了，因為根本就沒有。儘管臺灣遠景版多出一集，但是，還是沒有完全收錄「高斯」故事，尚有〈寶石之王〉、〈橙皮〉、〈金門橋〉、〈接財神〉、〈財神到〉等遺珠，靜候倪迷挖掘。需要注意的是，《明報》重刊作品，有的仍然使用《明報周刊》的原名，而有一部分卻改名了，比如〈弄假成眞〉改為〈眞玩意〉，〈魔鬼的舞蹈〉改為〈鐵塔〉，〈未卜先知〉改為〈活神仙〉，〈擒兇記〉改為〈大會日〉等等。

《魔鬼的舞蹈》書影

短篇奇情偵探小說集1
金酋長
倪匡著

短篇奇情偵探小說集2
三與四
倪匡著

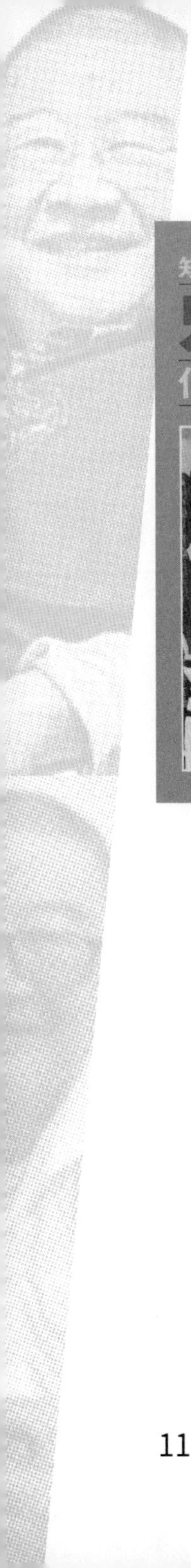

臺灣遠景版「短篇奇情偵探小說集」

乙篇

滄桑匆匆往事——倪匡寫武俠

關於武俠小說

七八歲時，在柴堆中發現了一本《楊宗英下山》，將不認識的字跳過去，津津有味地一半靠自己的想像力來填補空白地讀完了之後，繼而《薛仁貴》、《薛丁山》、《五虎》、《隋唐》。繼而王度廬、鄭證因、還珠樓主、白羽、朱貞木，由此直到現在，還天天買一份報紙在追那上面的「鵰」，旁的不敢說，十足的武俠小說迷倒是不折不扣的。一本武俠小說上手，茶可以不飲，飯可以不吃，巴士搭過站，過海去了又回，書是不可以放下的。

至今回想起來，因看武俠小說入迷而擺的烏龍最大一次是在初中那一年，看還珠樓主的《蜀山劍俠傳》。上化學課時，一本《蜀山劍俠傳》老是像在課桌的抽屜裏跳，實在忍不住，就「拉風箱」起來（上海學生將上課時偷看，說

叫「拉風箱」，取其提防教師看出，要時時放進抽屜中又拉出來，一進一出之似拉風箱而謂也）。

那次看的是第十一集，剛好是青海柴達木藏靈子與雲南百蠻山陰風洞綠袍老祖鬥法的那節，愈看愈緊張，已渾忘卻身在何處矣。誰知正在看得緊張的時候，化學教師早就已站在我的身旁，而全班同學也都已經在向我行「注目禮」了。我當然不知道，那化學教師看我仍是低着頭，並不因他的走近而停止，就大聲問：「看的什麼書！」

我竟亦大聲回答：「不要吵！蜀山第十一集，看完後借給你就是了，現在跑開點！」

此語一出，全室轟然。我抬頭一看，化學老師面孔鐵青，才知闖了禍了。果然一本《蜀山劍俠傳》被他當堂搶過去，撕成粉碎。人被叫到教務處，那傢伙堅持要記我大過一次，後來記了一次小過了事。

這已是十二、三年前的事了，然而到現在，上課時如果有武俠小說在手，教授的白眼也是無暇理會的。還珠樓主的本名，我在「鳴放」時才在上海《新民晚報》上知道，叫李紅。那時他已窮得傢俬賣盡，只好睡門板了。可嘆，一代武俠小說名家，竟落到如此地步。

武俠小說是眞正的大衆，男女老少，誰都愛看，而且只要寫作者不是故意下流的話，也就絕不會入於黃色。武俠小說大多是尚俠義，誅奸佞，總有那麼一股凜然正氣在其中。我更喜歡的是武俠小說可以發揮作者的想像力至任何地步，詭異如還珠樓主之作品，想像力之豐富也到了極點。所以寫武俠小說也是貴於獨創的。另有一格，才能不落窠臼。情節因循，人物借鏡固無不可，但若整段抄的話，則比在武俠小說中加寫黃色的還要無恥。至於有的甚至連西洋小說中的情節也原封不動的搬了過來的，更是武俠作者中的宵小之輩了。不要認為奇怪，在香港的武俠著作中，就有如此一個「文抄公」。此公膽子之大，眞是驚人。以前我記得有一本武俠雜誌曾經有過揭穿，這人的一部書中，男女主角的關係以及男主角的形象，全部竊自女作家伏尼契所著《牛虻》一書之中，甚

至連原書中「又一次地失去了她！」這句話也搬了上來。最近的一篇「新作」，看到現在，馬房放火、頭頂劈蘋果等情節，又全來自前數年《解放軍文藝》的一篇小說中（題目是「乜乜愛情」，記不得了）。如果自己沒有想像力的人，最好的辦法就是不要寫武俠小說。否則難免使人齒冷，看來一陣陣肉麻，雖說混飯吃，也要堂堂正正些，做個如武俠小說中所寫的奸佞之輩，有什麼好！

香港《真報》，一九五九年八月十五日，衣其「虻居雜文」

〈關於武俠小說〉當年刊載剪報

為武俠小說辯

以道德學問，聞名於世的胡適之博士，最近竟有暇垂顧到武俠小說，並且給武俠小說下了判決，道：「武俠小說是最下流的。」

這眞是「不知此話從何說起」，武俠小說何以會被胡適之認為「下流的」，我們這群武俠小說的愛好者當然不知其中的奧妙。但以我本人看來，則武俠小說不僅不是「下流的」，而且，比較起來，還是很上流的。這個「比較」，當然是和其他的通俗小說來相比較，而不是與胡博士的著作來比較的。胡博士在斥武俠小說為「下流」的同時，又言及歐美人士多讀偵探小說，所以言下之意，偵探小說較武俠小說「高尚些」，我國人也應多讀偵探小說。

或許是由於社會環境的不同吧，偵探小說之在外國興起時，中國是還一點也沒有的。如果一定要硬來譬喻，則中國的《包公案》、《狄仁傑》之類，或者也可以屬於「偵探小說」。但可惜的是，包公往往要借重陰陽枕或假設陰司閻王殿（這還可以說是運用心理學的觀點來審案），而其他一些破案故事又離不了托夢求神，所以當然被踢出「偵探小說」之外的了。而外國的偵探小說，據公論了的鼻祖，據稱是愛倫．坡。其實，愛倫．坡的早期小說，大都詭異怪誕，不是在南極探險碰到無人駕駛的船，就是撞到一個人，白得比白雪還白。後來，才發展為「金甲蟲」那樣的雛形偵探小說。而繼之以起的福爾摩斯與亞森羅蘋，已經進了一大步了，無論是偵探或盜賊，都懂得運用各種科學了。

談起西方的偵探小說，人們均以福爾摩斯與亞森羅蘋為代表，間或有提及陳查禮者，奇怪的是很少人提及「凡士探案」。西方偵探小說凡有中文譯本者，我敢斷言至少讀過百分之八十，看來看去，當以「凡士探案」為最佳。但是，在和中國的武俠小說作比較上，我始終不以為偵探小說好看過武俠小說，也根本提不到高尚或下流。

上面，曾提到關於社會環境的關係，想來是不錯的。西方的謀殺案、盜賊案，無疑地要比中國多些，是以「偵探」這一行也就應運而生。但在中國，卻是無數人受着少數人的壓迫，沒有民主政治，所以劫富濟貧，為民立命的俠客也更為民衆所歡迎。香港的情形比內地的城市更特殊，人們對武俠小說的歡迎，已到了一家報紙如沒有武俠小說便不成其為報紙的地步。然而，除非武俠小說作者自甘下流，硬要將武俠小說寫成黃色小說之外，總看不出會比其他的通俗小說有什麼更壞的作用。更找不出它之被稱為「下流的」之原因。

再談中國的偵探小說吧，以前較有名的是程小青的「霍桑」和孫了紅的「魯平」。前者，現在還在大陸，大陸前一時期「驚險小說」風行一時，他也曾寫了幾本；後者，則聽說已嘔血逝世了。現在，偵探小說似乎已經式微了。就算有，也無法像程、孫兩人那樣地創造出兩個活生生的形象來了。以程、孫兩人相比較，自然是孫了紅的「俠盜魯平」較勝一籌。其故事之詭異，佈局之微妙，均是不能不使人拍案叫絕的。可惜，香港翻印舊書的風氣如此之盛，卻不見有人翻印孫了紅的書。我曾費盡心機搜購「魯平」，結果只得了一本《藍色響尾蛇》而已。

這些，自然都是題外的閒話，但讀者的愛好如何，也於此可見一斑，讀者喜讀武俠小說，這是不可否認的。

若說偵探小說能使人智力增加（當然這是不會的），則武俠小說使人智識增加的程度更高。無論歷史、地理、博物各方面的知識，都可以從武俠小說上找到。而且，武俠小說還有它優美的文章呢！

外國人來讀中國的武俠小說，我相信即使這個外國人的漢文程度再高，也必然是味同嚼蠟的。試想，番鬼佬怎能領會「降龍十八掌」或者「攔江絕戶劍」的奧妙！我們看得眉飛色舞，番鬼佬只好目瞪口呆而已。

所以，好的武俠小說該是眞正的中國俗文化。前一時期，聽說有幾位大學教授準備發起提倡武俠小說成為文學之一種的運動，若成事實，則本人一定舉手贊成的！

香港《眞報》，一九五九年十二月十七日，衣其「虻居雜文」

推薦《武俠與歷史》——這題目實在大了些

在這一欄中，我曾向讀者介紹過不少書，也曾介紹過不少雜誌。但以往來說，大多數，都是一些比較正經的，而有時政治性濃厚的東西佔了絕大部分。實在來說，任何人生在二十世紀六十年代，都沒有可能避開政治。因此，多讀些與政治有關的刊物，能夠使自己的理想遠大，目光正確，是很應該的。但是，作為一個人的生活來說，也不能完全是政治——那不太枯燥了麼？生活是要多姿多彩的，除了鐵定不移的理想外，在工餘之暇，又何妨在其他地方尋找些趣味性的讀物來消遣一下？

提出趣味性的讀物，在香港的，如果要開出名字來的話，這一欄千幾字，恐怕還放不下吧！就以每本書（刊物）的名字平均四個字計，全香港又豈止三

百種？

在這麼許多種刊物之中，我本人當然只是看了一小部分而已。但就在看過的當中，覺得可以向大家推薦的，乃是《武俠與歷史》。

《武俠與歷史》是一本新出的半月刊，以武俠小說為主，配合了歷史故事，武俠小說的評論、武俠小說作家的事跡為內容的一本雜誌。對於愛好讀武俠小說的人來說，是很好的讀物。

但是，我在題目之旁加了一條副題：「這題目實在大了些。」這意思就是說，《武俠與歷史》有它值得推薦的地方，也有它不值得推薦的地方。當然，這些都是我個人的意見，該刊的負責人是誰，我是不知道的，而手頭的一本，也是花八毫子從舊書攤上買來的。因此，可以沒有請飲了茶或者送了書再寫書評那樣，有歪曲己意之處。

眞正的來說，對該刊第一期的文章中，最好的實質上只有一篇，那是「燕人」所作的〈還珠樓主的武俠小說〉。但是，這本雜誌給人的印象是可喜的。

這話很難表達，應該說，這本雜誌創辦的宗旨，是值得讚揚的。

誰都知道，武俠小說在社會中盛行，成為不分階級、不分年齡的讀者恩物。但是，在另一方面，武俠小說又為人所詬病，認為它是不健康的，甚至是「最下流的」。

這這種情況之下，武俠小說本身，有責任站出來，一方面檢查自己是否有值得為人不齒的地方，另一方面，在探訪武俠小說發展的過程中，將武俠小說提高到理論上來評價，再通過「正確的創作途徑」，來使它成為眞正的通俗文學，實在是最迫切不過的事了。

《武俠與歷史》，就有着如此的傾向，雖然這一期是以燕人君的一篇文章表達。但是，總的傾向定了，以後的情形就會不同。而且，金庸和張夢還兩人，還以自己的創作，以實際向讀者交待了武俠小說是好是壞呢！

燕人君的文章最使人傾倒。無疑地，他是還珠樓主的忠實讀者。這一點，我本人也是。從十二三歲時看《蜀山劍俠傳》起，一直到「解放」以後的《大俠七星子》，再至於「鳴放」時期的《劇孟》，敢誇一句口，凡是還珠樓主的作品，無有不讀過者，而且無有不讀過三遍以上的。燕人君在分析他的思想時，稱之為「釋儒道」三者的結合，眞是一點不錯。還珠樓主的武俠小說，不但想像豐富，情節詭異，還眞是有思想有內容的。這一點，時下除一二名家外，就很難做到了。

拙見此刊，短文要多，二、三千字的評論文章和散文要多過武俠小說，而且要名副其實，眞的做到「歷史」其實。再者，封面要改換設計。大紅大綠自然可以，但第一期何必加上一個燙髮的女人頭？

總之，《武俠與歷史》不應該向下而降為一本與其他同類刊物相似的雜誌，而應該努力向上，使之成為武俠小說的作者和讀者共同所不能缺少的刊物！第一期還只是向上或向下的中間，望努力！

香港《眞報》，一九六〇年元月十五日，衣其「虻居雜文」

關於武俠小說批評

不但由於個人的興趣和工作，且由於自己眞正感到有這個需要，因此曾經發了不少關於武俠小說方面的議論。前幾天，又與對此一方面同樣有興趣的文博雅先生作了近四小時的長談，談話雖涉及多方面，但是大多數，還是關於武俠小說方面的。

事後，文先生並將他在兩年多前在《武俠小說週報》（現已停刊）上所寫的一封和金庸討論批評武俠小說標準的長文（一萬六千餘字），找了出來給我看。因此，又使我對武俠小說批評一事，有不得不說幾句話的感覺。

任何文學形式，離開了批評，是不能顯得進步的。這一點已不容多說了。對武俠文學來說，批評尤為重要。

因為，「武俠文學」一詞，雖已經人提出，也有了不少的讚護者，但究竟是還未成為社會公認的一件事實。對於這種情形，是不能責怪社會上不予以承認的，因為事實上，武俠小說要成為武俠文學，還有一段路要走。

而在這一段路上，武俠小說的批評，就可以成為推進武俠小說成為武俠文學的一大因素。

起先，我當作在香港，一般的文藝批評已是少之又少。大概不會有武俠小說的批評的了。以我自己來說，偶然寫些「書評」，實則上也不能算是「書」解，因為都是自己看了些好的書，覺得可以向大家推薦一下，因此才動筆的。因為已經有了書是好的前提，所以發而為文，筆下的一些書也差不多全是好的了。至於看了壞的書呢，當然不能向人家推薦，因此也就不在「書評」中見到了。

看來，香港文壇中關於作品的批評，全是這樣的居多。這是一個很奇特的現象，對作家或文學兩方面來說，這種現象其實都是有害的。

因此如果我們想使武俠小說進步成為文學的形式之一的話，這種現象，就

不能讓它在武俠小說批評的領域中存在。而要在武俠小說的領域中展開真正的武俠小說批評才是對武俠小說負責的態度。

今日，在這方面，是有條件的。現在市面上有着兩種武俠小說的雜誌，還有不少報紙是有雜文的專欄的。報紙上的專欄，當然要憑作者的興趣，但兩本武俠小說的雜誌，卻是應該多刊出些關於武俠小說的批評文章的。

本人的這一欄，由於編輯先生的大量，倒可以無所不談，恰巧我自己對武俠小說有着萬分濃厚的興趣，因此，恰值新歲，發了一個願，以後倒要不斷地來談談，寧可得罪人也好，為了武俠小說的提高，倒覺得有這個責任的。這並不像有些人所說的那樣，是「放棄了鬥爭而沉醉在太乙血光劍」中，而因為武俠小說是中國人最喜愛談的東西，事實既已證明，當然應該有責任將它提高，讓中國人談到更好的武俠小說才是。

話說回頭，武俠小說批評原來並非像我起先所想像的那樣——沒有。而有吳達謀先生開風氣在先，曾對梁羽生先生的作品系統的批評過。

或許是由於梁羽生先生撰稿的報紙的關係吧，這次武俠小說論爭，給人以有政治背景的幻覺。這是很可惜的。相信吳達謀君，當初一定並未存有如此的觀念。因為批評的對象是武俠小說，其勢難以牽入與政治有關的東西，就事不就人，這大概是武俠小說的特點了。

照吳達謀先生對梁羽生君所做的批評來看，與我個人意見似有相同之處。當然無此必要在此多加贅言。對吳達謀君開武俠批評風氣之先，倒是着實欽佩的。現在《武俠小說週報》雖已停刊，其他的兩個武俠小說雜誌，就應該負起責任來了。

總之，武俠小說的批評，對武俠作者及讀者來說，都是亟需要的。

香港《真報》，一九六〇年元月二十九日，衣其「虻居雜文」

武俠小說拉雜談

日前遇本港名武俠小說作者張夢還，他說道：「近來有一些報紙上的論調你注意到了沒有？」問得雖然突兀，然而我可以知道他所問的是某些報紙上關於武俠小說及其作者的一些非難。這些論調，我是都看到了的，但只是一笑置之。因為發這些意見的人，有的固然是值得與之爭論一番的人，有的竟是專以寫黃色東西，三日不提「女性性器官」就周身發癢的人，當然不值得去理睬他了。但夢還兄卻又說：「現在好像隨便什麼人都可以來隨便地講上一兩句了。」言下之意，大有一群武俠小說作家，其筆下之人物多是武功蓋世，然而本身卻對有些人輕佻的，不負責任的論調不想去還擊，有點兒不平。

其實，我以為有人針對武俠小說發表意見，不管是如何地輕浮，不管這意

見是贊成武俠小說還是不贊成武俠小說，甚或至於以己之心度人之心，認為那些寫武俠小說的人都像寫黃色東西一樣……不管怎樣，有人注意武俠小說總歸是好事——這「好事」兩字，是針對武俠小說的發展來說的。

不知道是從什麼時候開始，人們開始看到了一件事實。那就是武俠小說不但擁有衆多的讀者，而且好的武俠小說，也眞是不折不扣的文學佳作。因此，便有些人注意其武俠小說來了。

這種情形雖然是武俠小說發展的必然結果，但有些人在提倡，在要研究它，總是對武俠小說有益的。當然，人們的意見不可能一致，有人贊成，也有人曾反對。反對的聲音，往往和贊成的聲音成正比例的。所以我說，有人反對武俠小說，不管他的態度如何，總是好事。而且，武俠小說從沒有人提到檯面上來談而到了有人在檯面上公開地申斥或討論，這不是好事麼？這說明了儘管怎樣地反對，事實上已發展到要討論的地步了。當然，有些人並不是站在討論的立場上來談問題的——與這種人，無論什麼問題都是不能討論的。因為他們認識

問題的方法，與我們不一樣。他們認為一切無非是「撈」而已，是以談「女性性器官」與國家大事，同屬一類。而我們所要的，則是眞正地討論。無論反對得怎樣的厲害，討論是受人們所歡迎的。例如某一位先生，提出了武俠小說提倡仇恨，總是說什麼「有仇不報非君子」。這就是一個很值得討論的問題了。對此君的這一提出，相信武俠小說的作者都不曾有輕佻之感，而會感到的確有討論之必要。這一問題，的確是武俠小說作者值得研討的。這位先生不提武俠小說的情節或武技方面的問題，而提出了這個，顯得他對文學創作並不外行。與不外行的人才能以爭論，與完全不懂得什麼是什麼的人，有什麼可說的呢？以一件事來說，最近上映的《苦兒流浪記》一片中，陳燕燕飾貧窮的農婦一角。然而在銀幕上看來，卻是頭髮光可鑒人，鬢角一絲不亂，面上更無風霜之苦，如此這般的「北方農村窮苦老百姓」，的確叫人啼笑皆非。然而偏偏有人認為「恰當」已極。還抬出了「三十年前到過北方」來嚇人。到過北方不錯，但不知道有沒有到過眞正的農村？看到過眞正窮到要賣兒賣女的農民是怎樣的？當然，他們也有理由，其一是認為陳燕燕是大演員，肯作如此的遷就，已是難能可貴了。這就沒有討論的餘地，因為他們的着眼點是「明星」的身價，而我們着眼處乃是藝術的眞實，這還有什麼可以多說的？

話再說回來，武俠小說作者的確有必要經常地碰碰頭，大家交換一下對武俠小說的意見，或者環繞一個問題作漫談，漫談的記錄也可以發表，以徵集更多的意見，相信這樣做，對武俠文學的發展，定有不少幫助的。

香港《眞報》，一九六〇年三月七日，衣其「虻居雜文」

由新舊派武俠小說談起

在一本武俠小說雜誌上，見到有一篇金庸寫的武俠小說理論文章。這篇文章是連續性地談武俠小說問題的，全文旁徵博引，說明武俠小說的確屬於文學的範疇，而且，應該予以大力提倡，不應予以歧視。並且，還對武俠小說的提高，提出了意見。

這些意見，大部分我是同意的。因為我認為武俠小說是一種相當好的讀物（當然，「好」是比較的），一個十三歲的女孩子，手中當然最好是捧着史蒂文生的《金銀島》。但是若是捧住貓王唱片，或《日安憂鬱》之類不肯放的話，眞還不如請她看武俠小說的好。

所以，我始終認為，武俠小說能在本身向前發展的基礎上來爭取讀者，是一件好事。也由於向前發展必須是「正常」的，所以對武俠小說的創作理論必須謀求積極的探索。

但，在這篇文章中，卻有一段話是無法令人同意的，我曾與幾位名武俠小說作者談到過，他們認為應該提出不同的意見來。

這段不能令人同意的話，大意如下（因手頭無原書）：「白蓮教義和團等，在舊派武俠小說中，都是反面人物，而在新派武俠小說中，則是正面人物。」

這種說法的語氣非常模糊，給人的印象是：將義和團當作正面人物寫的，就是「新派武俠小說」。否則，就是「舊派」。難道新舊派武俠小說的分別，眞是這樣的麼？顯然不是的。我以為我們通常所指的新派武俠小說是指在創作上運用更多的文學筆觸，並着重於人物性格的描寫，通過故事的發展，塑造出幾個活生生的人物，通過人物的活動，表現問題的那種。

至於所表現的是什麼問題，並不能決定這本武俠小說是新派還是舊派。新派武俠小說也可以否定義和團，李自成、張獻忠，也可以肯定。而並不是肯定

他們的才是「新派」，否則就是「舊派」。

由於武俠作者個人的觀點不同，若要對義和團認為正面人物，方能以寫新派武俠小說，則未免有點「單獨把持」，「只此一家」的味道。因此，我認為這段話至少要加上三字，成為「我寫的新派武俠小說中，義和團白蓮教是正面人物。」這樣，則好些。若限定新派武俠小說只能將李自成、義和團寫成正面人物，則絕對無助於新派武俠小說的發展。因為文學作品一有了限制（不論什麼樣的限制），就不會是好的文學作品了。

所以，這段話是相當武斷的，並且是不能使人同意的。寫至此處，似乎必然地牽涉到了一個問題，就是站在歷史的眼光上，公正地來看李自成、張獻忠、義和團，甚至王莽這般人，應該是怎樣看法呢？前幾天，接到一位讀者來信，向我像開炮似地一連提出七個問題，其中有一個就是「你對義和團的看法怎樣？」

我認為，這些人物之所以產生，與當時朝政的腐朽不可分割。他們也大都是反對這種腐敗的朝政的。因此，才開始的時候，他們代表了人民的利益。但當他們成功了之後呢？他們的所作所為，往往尤甚於被他們推翻了的政權。人民的利益到那時候也就被一腳踢開了。

例子再多也沒有用。我們可以知道，李自成進北京以後，做的是什麼事？洪秀全定都南京後，所作所為怎樣？比較起來，與明末的腐敗、清末的腐敗，絕無遜色之處！這樣的人物，難道便以為他們曾經反對過腐敗的朝政而加以肯定麼？在開始時，他們或許都代表了人民的利益，但在他們成功之後，便一腳將人民踢開了。這種利用人民以逞政治野心的人物，怎能予以肯定而非要正面地描述他們的，才是「新派」武俠小說呢？

當然，我並沒有意思說必須否定他們才是「新派武俠小說」。肯定或否定，都可以。因為這只是作者個人觀點的反映，絕不是區別新舊派武俠小說的決定因素。

香港《眞報》，一九六〇年三月二十四日，衣其「蛇居雜文」，畧有刪節

從《武俠天地》創刊談起

一本新的武俠小說雜誌《武俠天地》已出版了。因此，又覺得有些話要講。我始終認為，好的武俠小說，作為人們公餘的消遣，實在是再好不過的一件事。武俠小說雜誌之所以能應運而生，也是因為廣大讀者對武俠小說的喜愛而造成的。武俠小說雜誌出得愈多，對武俠小說的提高就愈有幫助。因此，這是一件好事。

儘管武俠小說的流行已成為一個不可否認的事實了，但是，還有很多人在否定武俠小說。否定武俠小說者的心理，是很容易理解的，他們認為武俠小說中的情節荒誕不經，會令芸芸學子沉湎而不思學業。其實，提倡武俠小說者從來也沒有否認過要提高武俠小說的創作水準，而且更進一步地認為只有進一步提高了武俠小說的創作水準，才是提倡武俠小說者的目的。因為，武俠小說的流行是一個不可否認的事實。想遏制它，是沒有用的，因為有讀者喜歡，而武俠小說究竟也不是什麼如吸毒般有害的事情。所以，想辦法積極地提高武俠小說的水準，使人們從消遣中而得到某些益處，確是當務之急。也只有這樣的——將武俠小說導入正途——做法，才是處理武俠小說的最好辦法。

前幾天，在某報上見有人評及慕容羽軍在《文壇》上的一篇關於武俠小說的文章，抨擊得很厲害，慕容君我是熟悉的，能寫很好的文藝小說及新詩，他對武俠小說也持肯定的態度。可知武俠小說對讀者的力量，對中國通俗文學的影響，已愈來愈為人所注意了。

在香港，目前來說，可說是武俠小說的全盛時期了。盛極是否會衰呢？若武俠小說作家們不思改進創作上的毛病，不用新穎的筆法來進行創作，而總是千篇一律地公式寫作的話，讀者是會看厭的。以美國的「西部片」來作例子，我們可以看到西部片流行數十年而不衰，最根本的原因也是因為它本身在變。以前，西部片只是美女、英雄、「砰砰砰」；但現在，我們看到了如《龍城殲

霸戰》、《赤膽屠龍》這一類的片子。當然這些仍然是西部片，但和文藝片比較起來，難道能分出高下麼？

武俠小說的發展道路，大致也會和「西部片」差不多，而且這個趨勢已相當明顯：即武俠小說正在向通俗文學的路上走着，在提高着。

《武俠天地》的創刊，當然又為武俠小說的提高盡了一份力，綜觀該刊，除了長篇與短篇武俠小說之外，尚有〈論短篇武俠小說〉一文，論及短篇武俠小說與長篇武俠小說之不同處，並竭力主張武俠小說應該表現一個問題（尤其是短篇），這對提高武俠小說來說，是有好處的。有些武俠小說讀者，或者只是追求情節與驚險的打鬥（這原是武俠小說的表現技巧），但如果武俠小說作者能以抱着表現問題的態度去創作，則作者所表現的問題，更可藉着技巧而為讀者接受了。佛經中有許多譬喻性的故事，也有着光怪陸離的情節的，可以說是與武俠小說同類的文學作品。

《武俠天地》的長篇連載中，值得一薦的有南宮刀先生的《雲海俠影》，南宮君曾與前輩武俠小說作家還珠樓主共事多年，並曾為還珠樓主續稿，筆法嚴謹，極堪一讀。花六毫子而得一本，實在比任何其他消遣好得多了！人既不能沒有消遣，當然要選擇如何消遣法才是最好的與最經濟的。曰：一支煙在手，而讀武俠小說也！

香港《眞報》，一九六〇年四月二十日，衣其「蛇居雜文」

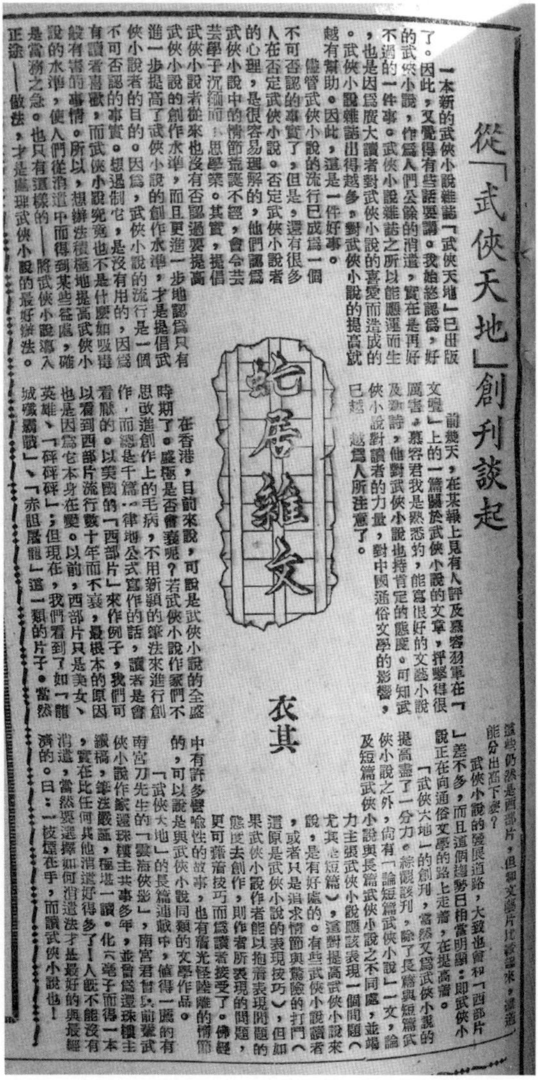

從「武俠天地」創刊談起

蛇居雜文

衣其

一本新的武俠小說雜誌「武俠天地」已出版了。因此，又覺得有些話要講。我始終認為，好的武俠小說，作為人們公餘的消遣，實在是再好不過的一件事。武俠小說雜誌之所以能應運而生，也是因為廣大讀者對武俠小說的喜愛而造成的。武俠小說雜誌出得越多，對武俠小說的提高就越有幫助。因此，這是一件好事。

儘管武俠小說的流行已成為一個不可否認的事實了，但是，還有很多人在否定武俠小說。否定武俠小說者的心理，是很容易理解的，他們認為武俠小說中的情節荒誕不經，會令芸芸學子沉緬而[illegible]思學業。其實，提倡武俠小說者從來也沒有否認過要提高武俠小說的創作水準，而且更進一步地認為只有進一步提高了武俠小說的創作水準，才是提倡武俠小說者的目的。因為，武俠小說的流行是一個不可否認的事實。想遏制它，是沒有用的，因為有讀者喜歡，而武俠小說究竟也不是什麼如吸毒般有害的事情。所以，想辦法積極地提高武俠小說的水準，使人們從消遣中而得到某些益處，確是當務之急。也只有這樣的——將武俠小說導入正途——做法，才是處理武俠小說的最好辦法。

前幾天，在某報上見有人評及慕容羽軍在「文壇」上的一篇關於武俠小說的文章，抨擊得很厲害。慕容君我是熟悉的，能寫很好的文藝小說及新詩，他對武俠小說也持肯定的態度。可知武俠小說對讀者的力量，對中國通俗文學的影響，已越越為人所注意了。

在香港，目前來說，可說是武俠小說的全盛時期了。盛極是否會衰呢？若武俠小說作家們不思改進創作上的毛病，不用新穎的筆法來進行創作，而總是千篇一律地公式寫作的話，讀者是會看厭的。以美國的「西部片」來作例子，我們可以看到西部片流行數十年而不衰，最根本的原因也是因為它本身在變。以前，西部片只是美女、英雄、「砰砰砰」；但現在，我們看到了如「龍城殲霸戰」、「赤胆屠龍」這一類的片子。當然這些仍然是西部片，但和文藝片比較起來，還道能分出高下麼？

武俠小說的發展道路，大致也會和「西部片」差不多，而且這個趨勢已相當明顯：即武俠小說正在向通俗文學的路上走着，在提高着。

「武俠天地」的創刊，當然又為武俠小說的提高盡了一分力。綜觀該刊，除了長篇與短篇武俠小說之外，尚有「論短篇武俠小說」一文，論及短篇武俠小說與長篇武俠小說之不同處，並竭力主張武俠小說應該表現一個問題（尤其是短篇），這對提高武俠小說來說，是有好處的。有些武俠小說讀者，或者只是追求情節與驚險的打鬥（這原是武俠小說的表現技巧），但如果武俠小說作者能以抱着表現問題的態度去創作，則作者所表現的問題，更可藉着技巧而為讀者接受了。佛經中有許多譬喻性的故事，也有着光怪陸離的情節的，可以說是與武俠小說同類的文學作品。

「武俠天地」的長篇連載中，值得一薦的有南宮刀先生的「雲海俠影」，南宮君曾與前輩武俠小說作家還珠樓主共事多年，並曾為還珠樓主續稿，筆法嚴謹，極堪一讀。化六毫子而得一本，實在比任何其他消遣好得多了！人既不能沒有消遣，當然要選擇如何消遣法才是最好的與最經濟的。曰：一枝煙在手，而讀武俠小說也！

〈從《武俠天地》創刊談起〉當年刊載剪報

閒話武俠小說

（一）從中外古今說起

「怪力亂神」，子所不語。武俠小說自然是屬於四字之中的第二字——「力」；而且，由於武俠小說所描寫的大都是古代的事，中國之事而又涉及古代，多少不免有點兒「怪」或「神」。於此幾乎可以肯定，武俠小說是孔老夫子所「不語」的了。「不語」者，連道都不屑道及也！孔子時是否已經有了武俠小說，不得而知；但已經有了遊俠，則是不可否認的。

霍華德．法斯特在他的《斯巴達克斯》一書中說：「當然是地面上先有了眞正的地獄，人們才能想像出地底下的地獄來的。」

《斯巴達克斯》一書，可以說是外國的武俠小說，它敘述一個身懷絕技的奴隸反抗羅馬統治者的事蹟。這書很像中國的武俠小說，因此舉出來作為例子。

中國例子自然不少，在《晏子春秋》中，就有一則記載，其人之「力」，亦近於怪。此公名叫古冶子。《晏子春秋》是何人與何時所作，歷來論家雖有考證，然無權威之論定，但所記之事，距離「不語怪力亂神」的孔子不會太遠卻是事實。其中有關古冶子的記述有云：「古冶子嘗從君濟於河，黿啣左驂以入。冶潛行逆流百步，順流九里，得黿而殺之，左操驂尾，右挈黿頭，鶴躍而出。」云云。

這一場「人黿大戰」被描寫得很是生動。黿者，江南人俗稱「癩頭黿」，形似烏龜而貌相醜惡。筆者嘗於蘇州西園放生池內見到兩個，其殼直徑在四尺以上。這種猛惡東西，當然不會在小河之中生長，古冶子跳下去的這條河，一定水流湍急水面寬闊，不然《晏子春秋》何必特言「潛行逆流百步」？

在急水中逆流潛行，這份「內功」也就可觀了！金庸的著作中，郭靖嘗在逆流中穿上竄下，也是要內功有了根底才行的呢！尋常人怕不閉過氣去？而且，「鶴躍而出」，則簡直連招數都有了——大概這一出水的身法是「仙鶴迴翔」吧！不理會怎樣，由此可知的是，必定有了「怪力亂神」，孔子才會不屑言之的。若然根本沒有，孔老夫子何必無的放矢？而且，春秋戰國時期，戰亂紛生，各自憑武力割據為王，武道之崇興，也是當然的事情。孔老夫子雖然對之表示了無比的輕轍，但總算僥倖，武道倒還一直地被保留下來了，而且隨着文化的發展愈來愈興旺；更而且，孔子一生所提倡的「仁」字和「義」字，到現在為止，眞的還只能在武俠小說中才找得到呢！

（二）胡博士的孤招

什麼？武俠小說中有「仁義」兩字？「好說好說！」不但有「仁義」兩字，

且可以包括一切。上至民族氣節，國家大義；下至江湖好漢拍一拍肩膀：「一句話，在家靠父母，出門靠朋友！」一諾千金，幫忙朋友，不說一個「不」字。當然，在現實社會中，這些都是找不到的了，若然沒有武俠小說，人們眞還不知從哪裏去尋找這些古道熱腸的人呢！

「佳人已屬沙吒利，義士今無古押衙。」方今之世，萬事離不開強權與金錢；如今三五文人，筆下竟創出一個強權與金錢所不能左右的社會來，當然要為現今之世所不容了。但吾儕筆下的人物，倒眞是講仁講義的呢——倘非如此，便鮮有善終。這，又是與現實社會大大不相同的。

大凡什麼不能見容於社會的，也就是和社會有異見的事物。或被斥為狂，或被斥為無聊，甚至被斥為下流焉。但看來看去，武俠小說實在並沒有什麼地方得罪了正人君子，它不過照着做人的應有道德，在那裏鋤世間之不平耳！正人君子，又何必那麼激動？

幸好，儘管高人雅士不屑對武俠小說一顧——其實也不見得，因為不顧便不能攻擊，躲在房中看春宮的，大多數是社會中的衛道君子也——但卻還有一群人在喜歡看它，不理會這些人被大人先生稱作「小市民」也好，稱作「無知稚子」也好，只要有人在歡喜，大人君子也就罵不倒打不倒，只好無可奈何而已！孔子，大概是足以做讀書人的代表的了。所以直到如今為止，反對武俠小説最大力的，怕還是讀書人——最有名者，莫若胡適之先生的那一招了：「武俠小説是下流的！」乖乖：眞是掌風颯颯，端的厲害非凡！但何以下流，適之胡博士卻還不出本家來。很可能這一招是從別人家的拳書上偷來的，因此雖然使了出來，卻不明其中訣竅吧！

關於適之胡博士與此訪港後，香港執筆為文者有不少反響，臺灣《聯合報》並還綜合地報導了一下，特在《眞報》刊載過的一篇〈為武俠小説辯〉摘了一大半登上了，胡博士不應看不到，但至今還沒有第二招使出來。

又從胡博士斥武俠小説想到了發生在本港的一件事了。這件事之有意義是不用多説的，惜乎未能躬逢其盛。

到底是什麼事呢？就是本港一家頗負盛名的中學，其高中二年甲乙兩班開了一個辯論會，題目是「中學生應否看武俠小說」，分正反兩方辯論之。

對於這個學校的主持人，本人眞的佩服之至，而且甚願與之浮三大白的。試想，在「武俠小說」被人誤解為不好的讀物之時，一間學校的領導人竟能以此等題目來令學生爭辯，正反兩方，都可暢所欲言，這對學生來說，是何等的快事！

記得自己在讀中學時，那種偷偷摸摸看武俠小說而被教師捉住，受了申斥而滿肚子的話無處去講，那一股怨氣，眞是「沒齒難忘」。若那時學校中有這樣一個辯論會的話，是何等的好事，本人一定要挺胸而出，擔任正方的代表了。

那場辯論，結果是反方勝利，也就是說，結論是「中學生不應該看武俠小說」。我相信，正方失敗的絕不是理由不充足，而是由於評判員的心理——當然評判員是教員了。即使是讓我去做評判員的話，恐怕也要考慮一下，不敢判正方勝利。

這是什麼心理呢？不外是「為人師表，怎可公開叫學生去讀武俠小說？」

（三）科學與藝術

很難明白，這種心理是在什麼樣的條件之下形成，但的確是存在的。這種心理，雖不足以扼殺武俠小說，但卻不可否認地妨礙了武俠小說的發展。

我本人拿起筆來寫武俠小說的時間還很短，但已經召來了不少「嗤嗤」之聲了。厲害些的，罵一句「放下了鬥爭的鎧甲，沉湎在太乙血光劍中」；厚道些的，搖搖頭：「唉，這傢伙！」當然，其中也不乏志同道合的朋友，咸以為武俠小說應該是中國特有的通俗文學，不時加以勉勵。但考其「嗤嗤」聲之來源，不外是上述之心理在作祟也。

造成輕視武俠小說的最大原因之一，便是一條言之振振的理由：「現在是

二十世紀了，科學時代，還提這類落後的東西？」

這話，是將科學和藝術合為一說了。如今的科學發展，足已可以使人只靠打針或吞服藥丸以維持生命的程度。但是，人還是要吃飯，而且愈來愈講究吃得考究些。這又是為什麼呢？人的生命是簡單的，但生活卻是複雜的。一個人的生活，不可能只是需要科學，而且需要藝術——精神上的享受。

對中國人來說，武俠小說過去是，現在是，將來還會是最有味的精神享受。為什麼要不承認這事實呢？

當然，武俠小說中有故意加插上許多黃色噱頭以招徠的，但若因此而否定武俠小說，豈非因噎廢食？而且，此種情形，也只有大家都重視武俠小說，將武俠小說在正面提高到通俗文學的地位上來（在暗中，它早已是的了），才能使武俠小說一步一步走向更好更完善的地步。

為此，我要大聲疾呼：「武俠小說是國人的精神食糧，我們要提高它！普及它，使他在中國通俗文學中佔據一席應有的地位！」

（四）武俠小說的發展道路

翻轉來談談武俠小說的本身。如今，香港乃是武俠小說的大本營，這是無可否認的事實。大陸已將武俠小說列為「荒誕」一類的書籍，而早在一九五二年便明令銷毀了。前輩作家還珠樓主，雖然前年曾在上海《新聞日報》上寫了一個時期的《劇孟》，但也半途腰斬，未能寫下去。臺灣，雖也有武俠作家在，但比起香港來，還是「小巫」；東南亞的華人社會中，流行的武俠小說，也都是香港去的。若以後要編《武俠小說史》的話，香港這十年來的地位不可抹殺。

有人將香港目前所流行的武俠小說稱之為「新派」，以示和舊派有所區別。實際上，武俠自昌盛以來，至今已經歷了三個階段了。這三個階段我為之杜撰了三個名詞：舊——半新舊——新。

所謂舊，撇開如「古冶子」般的零星記載不說，那些「公案」書便是代表。《彭公案》、《施公案》一直到《七俠五義》、《七劍十三俠》，都是舊派的

代表。繼之而來的，是「半新舊」，如還珠樓主，如鄭證因、白羽。但到了朱貞木和王度盧擁有讀者的時候，「新」字已漸漸露頭了。尤其是王度盧，他的武俠小說，含有較濃的「新」的味道。

當然，在這裏，先要講講所謂「新」的特點才行。新的武俠小說，最大的特點就是並不光是亂打一通，或者只是好人壞人的分別，而是書中每一人物，都通過文學的塑造，使之成為有血肉、有性格的活生生的形象，一如莎士比亞筆下的哈姆雷特一樣，是有生命的。

要做到這一地步，就必須有極細膩的筆觸才行，同時對武俠小說作者也提出了較高的要求——並不是會講故事就可以寫武俠小說，而是要眞正地有了作家的修養之後，才能達到這一目的。也只有武俠小說作家與其他文學形式的作家有了同樣的文學修養之後，武俠小說才可以眞正地成為一種文學形式。所謂「新派」武俠小說，就是在向這一目的在前進的。

新舊交替，難以劃出確切的交界線來。但可以肯定的是，向前跨了一大步的新派武俠小說，乃是最近十年來在香港發展的。其中人物，當然以金庸為代表。要說明的是，本人在此處提出金庸其人，是以他的讀者的身份提出的。本人與金庸並不相識，在其他方面（例如政治上）的觀點當然更不一致，就事論事而已。因為此時此地好惹是非的人太多，所以不得不說明一下。

武俠小說的這一發展趨勢，並未聽說有什麼人在領導着它，而是自然而然地發展下來了。到得如今，卻不是憑自然而能發展的事了。因為它已到達了它自然發展的頂點，而到了需要用理論來提高它的時候了。

所有事物的發展情形都是如此的。從用舊石器到用新石器，是自然的發展，但到了十九二十世紀時，就要有「相對論」這樣的理論來保證科學的發展了。

為此，一個武俠小說作家的聯盟（或者兩個、三個），在不久的將來一定會成為事實。而且，必將有更多的非武俠小說作家，參與武俠小說理論的探討和研究。當然，文學藝術不同於科學，絕不可能出現一套系統的寫作標準來。但總的寫作理論，寫作方向卻是應該有它的雛形的。

這，就是武俠小說發展的第四個階段了。到這時候，就沒有人會以為武俠小說與文學並提而感到奇怪。正像《水滸傳》一般，有誰會認為《水滸傳》是文學作品而奇怪呢？但《水滸傳》卻是不折不扣的武俠小說。

可知，問題不應該一味責怪人家，武俠小說本身也是有關係的。以《水滸傳》來說，它的創作傾向和方今的「新派」武俠小說，是一樣的。或者可以說，它是「新派」武俠小說的指針。

（五）武俠與歷史的關係

提起《水滸傳》，忽然想起武俠與歷史之間的關係。武俠小說是小說，當然不可能完全忠於歷史——就算是歷史小說吧，也不能完全照着歷史去寫的。武俠小說允許作家有誇張的想像，但是，本人總以為，這想像，總得多少有些依據才行。要說武俠與歷史的關係，最適宜於作武俠小說的題材的，怕還是歷史上的謎。謎既然多少年來未為人所解，當然可以使作家天馬行空去想像。不怕人齒冷，舉一個本人的例子，拙作《璽紅印》，是以朱棣逐走朱允炆以後的事為背景的。據谷應泰所著的《明史記事本末》及《明會要》，言朱允炆有三個小孩。長朱文奎，次朱文圭，幼無記載何名。

燕帥破京後，朱文圭為朱棣捉去關了起來，經歷了幾十年才放出來，放出來時不辨牛馬，成了個白痴，不幾年就死了。這是有記載的。在他身上，當然沒有多少文章可做。但長子朱文奎和那第三個孩子，卻在亂中不知下落，這就有文章可做了。根據皇家的慣例，似乎生了皇子而不立即命名的事例很少，因此這最幼小的一個而又沒有名字的，就很可能是一個女孩子——筆者就根據了這個想像來擬寫人物與故事的。

而且，據好友岳騫君相告，他以前曾見到過一本《明史》的手抄本，言建文帝怕朱文奎被朱棣所害，曾言道：「你是太祖的曾孫，就改姓曾名奎吧！」

這也被作者用上了。

總之，捕風捉影，總得有些兒風有些兒影才行。最近見到一篇小說，言道《水滸傳》中人的十萬禁軍教頭王進，就是周侗的化名，拙見總有些不以為然。在這裏提出，並無非難的意思。

我自己是一個只讀了半年高中的人，學識方面當然是不能提的，只不過切磋一下而已。

王進其人，在《水滸傳》中的確是一個謎，是下落不明的。金聖歎曾強作解人的說什麼「正不必有其下落」，「借王進引出史進並一百單八個好漢來」等等，但相信原作者絕不會無緣無故地安排那麼一個人物的。在他身上，確是大有文章可寫，但說他即是大俠周侗，總覺得還不出本家來。

周侗是岳飛和史文恭的師父，也只是傳說而已。好像在年代上，也頗有些不合之處的。岳飛是宋宣和中，以敢死士應募，在宗澤部下當兵的。其時，離開其師父大概還不曾多久，但宣和三年，宋江已經投降，跟着童貫去征方臘去了。而王進在《水滸》一開始時便出現，顯然很有些不符，還望議者指教。

（編者按：王進即周侗是有此一說的，十餘年前曾在一本什麼書上見過，但是還不出本家來了。倪匡君想是指本刊第二期的〈蛇蜕鏢〉一文，所以最好請該文作者鐵翅君為我們解答。）

以武俠小說的「新丁」而來「閒話武俠小說」，自然不成其腔。無他，還望拋磚引玉，使讀者多在此對武俠小說暢所欲言耳！

（《武俠與歷史》第五期，一九六〇年二月二十一日）

長篇武俠小說的背景

在長篇武俠小說中，背景的重要性，是不容忽視的。這裏所說的背景包括：

（一）時代的背景。

（二）地點的背景。

（三）人物的背景。

三點之中，以第一點較為複雜，因為它還包含了下列各點：（甲）故事的時代；（乙）這個時代的生活情形（服裝、飲食、語言等等）以及（丙）這個時代眞實人物的處理。

我個人認為，第一、二兩個背景，其作用在於使讀者有「眞實感」，而第三點，則對塑造主角的性格有關。現在分開來詳細地談。

一　時代的背景

長篇武俠小說大抵有一個時代的背景。這個背景有兩個意義：（甲）故事發生的時代；（乙）這個時代的歷史眞相。

一般來講，長篇武俠小說而有時代背景的，至少在表現問題的時候容易得多。現在最常見的時代背景是南宋、南明、明末清初……這些時候，都是國家在異族攻掠之下，將趨滅亡或已趨滅亡的緊要關頭，而在這種時候，朝廷往往腐敗不堪，無力抵抗外族之入侵甚或至於無意抵抗。因此，江湖兒女便本着熱血愛國之心，紛起活動。毫無疑問，在如此的時代背景中，表現江湖兒女為國為民的俠骨柔腸，是可以收到相當好的效果的。而讀者也可以在其中獲得益處

——由於武俠小說情節故事引人，容易一口氣的讀下去，因此這種為國為民的思想也能夠使讀者在無形中接受，牢不可去，較之枯躁的說教加倍有力。

無論是寫宋、或寫明、清，作者至少要對這個時期的歷史特徵下一番研究功夫——這番功夫，對武俠小說的成功與否來說，是相當重要的，其中年代月日，當然不必一點不差，但至少寫「宋」要像「宋」，寫「明」要像「明」。這些時候的人民生活情形（語言、服飾、風俗等）也都要有較深的了解，這樣，才能使得筆下的主角眞正變成為這個時候的人物，使主角進入那個作者要寫的時代之中，成為這個時代不可分割的一部分——使人一想起這個主角，就由主角的身世而想到這個時代的變亂。因此，就有些連帶的問題值得討論，其中最突出的，該是文字的運用問題。相信用太多「新文藝」的筆法來撰寫有歷史時代背景的長篇武俠小說，似乎存在着不少值得商榷的問題。

了解自己要寫的時代的生活情形，看起來雖是細節，但倒不可忽畧，因為細節往往會誤大事。記得十年以前，在上海看過一部武俠小說（書名已忘），寫得還不錯，但其中頻頻出現如下的一節：「某甲向某乙打了一個千兒，趁機用陰掌，向某乙當胸襲去，某乙渾無所覺。」（大意）故事寫的是清朝，這分明是將「打千兒」與「打拱」攪錯了所發生的笑話。「打千兒」是一腿下跪，兩手指頭尖觸底的禮節，咋能夠「趁機發陰掌」而叫人「渾不知覺」呢？

這其實是應該屬於創作態度的，也就是說，我們要使武俠文學大踏步地向前邁進，我們對武俠小說創作，必須持嚴肅的態度，因此，也必須注意背景的重要性。

再其次，關於這個時期的眞實歷史人物的處理，純就寫作技巧來說，這是一件難事，因為這些人是眞的存在於歷史上的，所以就不能隨我們的心意去塑造他們。張獻忠之不同於李自成，是很明顯的事，若不按照歷史的現實來寫，便會吃力不討好。當然，文學不同於歷史記載，容許誇張與想像，但李太白總不能被寫成為油腔滑調的花花公子，崇禎皇帝也不能變成為英明的君主，這是很顯然的。因此，熟讀這些歷史人物的傳記，然後再放開筆來寫，是唯一的辦法。

筆者的一篇長篇武俠小說中，有三保太監鄭和這個人物。日前遇此間名武俠小說作家張夢還，他批評道：「你這個鄭和，站在武俠小說之外，好像是與故事不發生關係的人物。」細細想來，的確如此，夢還的批評，當是非常正確的。由此，也可以看到歷史人物的處理，在長篇武俠小說中，的確佔了相當重要的一環。

總之，武俠文學雖然絕不應該成為歷史教科書，但是作者也不應當隨自己的心意來歪曲歷史的眞實。（按：歷史變動的看法，又是另外一個問題。例如有人認為義和團是拳匪，有的認為是反帝反革命等等。）

二　地點的背景

地點，這個問題的重要性，幾乎已在上一節講得差不多了。《水滸傳》上，就因為地點的不合而鬧過一個笑話。雖然這個問題「小」到不足以影響《水滸傳》的光輝，但誰能說這不是白璧上一點小小的瑕疵呢？

而且，由於中國幅員廣袤，各地人民的生活習慣不同，語言不同，風土不同。了解自己所寫的地方的一切情形，是大有幫助的。用線條來表示的話，則時代背景是直線，地點背景是橫線，必須縱橫交錯，才會給人以立體（更眞實）的感覺。因此在寫作技巧上來說，這是不可忽視的問題。前輩還珠樓主的《雲海爭奇記》中，曾有「眼烏珠藏黑」之語，江南人讀來，便對這個人物（小老頭祝三立）感到特別的親切。

至於中國地理的沿革，代有變遷。曾多次在一些武俠小說中看到出現「新疆省」三字，而這本武俠小說所描寫的時代，往往是明末清初。那時左宗棠的祖宗還不知在哪裏，怎有「新疆」兩字之出現？這便是注意地點背景之所以不容忽視的理由。

三 人物的背景

人物背景是長篇武俠小說最重要的一部分，好的武俠文學，必須創造出幾

個活生生的英雄人物來。而活生生的英雄人物，其性格之表現，絕不是憑着直接的描述所能達到的。

我們不妨將武俠文學提高到我們理想的境地中來看，那末則有果戈理的一段話，可供參考：「主角永遠是一個重要人物，他和許多人物、事件、現象發生聯繫和接觸，也必須按照當時人類思想、信念和意識的樣式去行動。」

也就是說，人物的背景，將是決定如何來表現這個人物的關鍵。在國家將亡的時候，大致有三類人物：（甲）努力為國；（乙）投敵；（丙）無動於衷。也可能在三者之中互相轉變，但人物開始時屬於哪一類，後來轉變的情形如何，就絕不是憑空構想便能臻完善的，而必須照顧到環境——即人物接觸的人、環境等等（亦即本文所稱「人物的背景」）。

以《水滸》中的林冲為例，他有着一份很不錯的差使——八十萬禁軍教頭。他又有一個很美滿的家庭——一個美麗賢淑的妻子。這份差使，這個家庭，使得林冲沒有理由背叛朝廷上山為寇。如果施耐庵不是安排了高衙內對他的迫害（一步進一步地迫害，初次迫害之後，林冲還是不想反的），而突兀地寫林冲上梁山了，林冲這個人物的造型，便是失敗的。雖然施耐庵早就伏了林冲的性格是豪邁的、有江湖味兒的（愛刀、識魯智深），但若要林冲在他的好差使任上，在有一個美滿家庭的情況下上梁山去，成麼？即使勉強寫了，林冲在水滸中也必將是一個灰溜溜的人物，絕不可能有「火併王倫」那樣的精彩場面出現。

我始終認為，《水滸傳》中人物性格開展寫得最成功的，便是林冲，而林冲性格之所以能夠展開，與當時時代背景又是不可分割的：政治腐敗，貪官橫行等等。

在長篇武俠小說中，人物造型必須與這個人物的一切生活，所接觸的人，社會環境有關係，這樣才能使人物「活」起來。因為長篇武俠小說容量極大（較之一般長篇小說更大），可以從多方面去敘述，所以人物性格的開展也往往是廣泛的。必須通過人物與人物之間，人物與環境之間，人物與社會之間的一切，來表現之。若只是突兀的來描述，給讀者的印象，是淡薄的。

以人物背景來顯示人物性格，還有一個重要的意義，就是這個人物會成為衆多人物中突出的一個（主角），而不是離開衆多人物而獨立的一個（不能算是主角），這樣，作品的文學價值就會高得許多。

題外話

寫到這裏，忽然覺有幾句題外話要講。在目前，固然有不少人正在大聲疾呼地提出，要重視武俠小說，要提高武俠小說的水準，但是不少人提起來，總還有點不屑的感覺。這原因，固然還是由於觀點的不同。然而我們不妨檢查一下自己，即目前武俠小說的創作，是否已有足夠使人重視的水準。阿斗是扶不起的，即使孔明來扶他，也扶不起。因此，着重於武俠小說寫作理論的探討，竊以為是提高武俠小說的必要手段。

《武俠與歷史》第十三期，一九六〇年五月十一日，倪匡「黷武齋隨筆」

談短篇武俠小說

（一）短篇武俠小說正在飛快地發展

「短篇武俠小說」這一詞之被提出，可斷定不過是近年來的事。當然，以前可能也曾出現過短篇的武俠小說（按：此處所指的短篇，其字數為兩萬字以內者），但從來沒有像現在這樣地成為一個問題，而必須探索其創作方法過。

有人以為，武俠小說無論長篇中篇或短篇，都只不過是打打殺殺而已，何必鄭重其事地來談它的創作方法？

可以說，這種說法，在以前來講是正確的——尤其是在十年以前。而如今，武俠小說的發展，已毫無疑問地使它擠進了通俗文學之林，而且就其趨勢來看，

還極可能進一步地成為眞正的文學作品——與其他各種類型的小說相比而毫無遜色之處的。

儘管現在還有很多人不承認這一事實，而在用各種各樣的論調非議武俠文學之可能性。但有以下兩點事實的存在，就可以使我們看到形形色色的反對實在是阻攔不了武俠文學的進步。這兩點事實就是：

（一）武俠小說擁有愈來愈多的讀者。

（二）武俠小說作者有提高武俠小說水準，使之擠入文學之林的意願和實踐。

因此，武俠小說的問題已為愈來愈多的人所注意。試觀近來香港報紙上的散文隨筆之類的文章，有些作者根本不是寫武俠小說的，但也在討論關於武俠小說的問題。雖然有的反對，有的贊成，還各有各的不同看法。但是，這至少已說明了一個問題，即：已到了應該討論許多關於武俠小說的問題的時候了。

本文，就是試圖在短篇武俠小說的創作方面，來發表自己的意見的。

正是本文一開始所說，短篇武俠小說興起，還是近年來的事，因此這也是一個新問題。若要問為何短篇武俠小說會出現而到了必須研究它的地步？我認為有兩個因素，一個是直接的，一個是間接的，現在將前者稱之為「甲」，後者稱為「乙」而分述之：

（甲）那是武俠小說雜誌興起的結果。以往讀者接觸武俠小說的途徑，不外是報紙副刊的連載或單行本。這兩者幾乎全是長篇武俠小說。而武俠小說雜誌興起之後，因為它每期之間相隔的日期不可能太近（目前最短的是七天一期），因此長篇連載雖仍能存在，但如果一本雜誌的所有作品都是要「且聽下回分解」的話，其對讀者的吸引力就差得多。人人在其冗忙的事務中，不可能將七天以前的故事情節記得那麼清楚，也會不耐煩期期去「追」來閱讀。因此，武俠小說雜誌的主持者，為了生意眼着想，也必須配以適當數量的短篇武俠小說，也就是因為這樣，武俠小說雜誌就成為培育短篇武俠小說的温床。

（乙）武俠小說是小說的一種，就小說的發展途徑來看武俠小說的發展，則自長篇而中篇而短篇，實在是非常自然的事。現代人生活繁忙，要叫人人都能以捧着厚厚一部長篇小說去細細咀嚼，實在是過分的苛求。因此短篇小說應運而生實在不是什麼奇怪的事情，而且，當短篇小說成為一個獨立的文學形式之後，人們發現它比長篇小說更能發掘人類的心理狀態，和藉一個事件來簡潔地，透徹地表現一個問題。因此近代短篇小說的發展，幾乎已到了取長篇小說而代之的地步了，武俠小說既是衆多小說形式中一種，自然也不能脫此窠臼，而會逐漸向短篇的方面發展的。

而且，由於武俠小說新發展還是近十年來的事，短篇武俠小說的向前邁進的時間將更短，這也就是說，它發展的步子將是飛快的。因此，探索它的創作方法等等的問題，也是迫不容緩的了。

（二）長短篇武俠小說是截然不同的兩種文學形式

短篇武俠小說雖然在飛快地興起，但因為其出現的時間還很短，因此；還存在着許多尚待研究的問題。其中最主要的一點，便是必須弄清短篇武俠小說完全不應該只是「被壓縮了的長篇」而是應該成為一個與長篇武俠小說完全不同的，簇新的武俠小說形式。

在我所接觸的「行家」（武俠小說作者）之中，一致認為寫短篇武俠小說難過寫長篇。考其原因，一曰「一樣要想一個故事，我可以將這個故事寫成長篇的」；二曰：「短篇的在兩萬字中，根本沒有法子說完一個故事。寫武俠小說，往往介紹派別的淵源，就已經去了兩萬字了。」三則曰：「武俠小說根本沒有法子成為短篇。」等等。

這些說法，實在都是沒有將長篇或短篇的關係分清楚。

長篇小說和短篇小說的分別，其字數的多寡只不過是表面上形式的不同，

而決定小說是長篇還是短篇的，乃是內在形式的不同。也就是說：長篇小說和短篇小說是截然不同的兩件事，並不是將長篇縮短了，就可以成為短篇；也不是將短篇拖長了就可以成為長篇。

武俠小說的長篇和短篇的關係，也完全應該是這樣的。

那末，長篇和短篇的內在分別究竟是怎樣的呢？簡言之，則：

一、長篇：因為它有較大的容量，因此它容許作者從各方面去掌握一切：背景、人物、行動等等，而通過詳細的描述，嚴慎的結構以及曲折的故事（不一定圍繞主角而進行）來完成之。

二、短篇：以一個主要事件作為作品，作品主要主幹。

「短篇小說的目的，是用最經濟的手法，使之產生一種與最上強調法相合致的單一故事的效果。」——著名的短篇小說作家漢彌爾敦（Clay Ton

Hamilton）曾下以如此的定義。也就是說，為着要產生故事的效果和行為、人物、背景三者是必要的條件，但只要強調其中之一就好。因為短篇小說的目的，是在銳利的效果。

由此我們可以看到，短篇武俠小說的發展，對於武俠文學的提高，實在是有着很大的作用。因為一般人認為武俠小說是不可能表現什麼問題的，只不過是靠詭異的情節來吸引讀者吧了！但在短篇武俠小說的正確創作途徑下，情節便退而為次要，表現銳利的效果一變而為主要的了。也就是說，在短篇武俠小說中，必須要表現一個問題，也可以說，必定要有一個中心思想——或揚忠，或毀忠，或譽孝，或非孝，不管怎樣都好，它不僅只是故事，卻是可以肯定的。

（三）短篇武俠小說難寫的地方

短篇的武俠小說，可以有一個完整的故事和曲折的情節，但也可以完全沒有。短篇小說發展到現在，已經完全不注意故事和情節了。短篇武俠小說是不是也可以如此呢？

應該是可以的。

因為短篇武俠小說，到目前為止，還沒有可供舉作例子之用的，因此我們不得不舉兩篇外國短篇小說來做例子，一，是俄國普希金的〈暴風雪〉，一，是法國都德的〈最後一課〉。

這兩篇小說中，前者是有一個異常動人的故事，和相當曲折的情節，評論家是將之歸入於浪漫主義的作品中的。

而後者，則是通過了一個事件的描寫，深刻地表現了法國人民的亡國之痛，深刻地表現了那種感情。論者稱之為現實主義。

我們可以拋開「什麼主義」、「什麼主義」不理，短篇武俠小說到底應該如何寫法呢？當然是兩者都可以。但是前者卻與壓縮了的長篇沒有多大分別。我個人認為，若要使武俠小說成為眞正的文學作品，則在情節方面實在不必去化多大的功夫了，而應該着重於「表現什麼」。一篇作品中，不表現什麼的，實在只不過是將一件美麗的衣服穿在木製模特兒的身上罷了。

而着重於「表現什麼」的短篇，往往就不能夠有一個完整的故事，而只是一件事，以這一件事為支柱，通過精練的筆法，用緊湊的結構來完成之。

在短篇武俠小說中，人物性格的刻劃，不可能像長篇地那樣，以龐大的社會歷史背景，以複雜的人與人之間的關係，以冗長的性格剖解來表達，而只好通過較少的場景而顯示。

其難寫的第二點，是在於它既然只以「一件事」來表現，這一個片斷的生活，就非為讀者所熟悉不可。在其他的小說中，這不成其為問題，譬如現代文藝短篇小說，以兩千字寫一個窮人在小輪過海時跳海自殺。過海小輪，跳海自

殺，窮人，這出現在小說上的種種，都是人們熟悉的，因此也就容易將讀者導入了藝術的境界之中。而武俠小說中的世界，卻是複雜到難以形容的，即使是同一時代背景——以滿清雍正一代來說吧，各人的筆下就有各人的英雄人物，他們的一切，都是完全不同的。至於招式的名稱，兵刃的使用和武林派別的區分，更無一個準則。

在長篇武俠小說中，這些也不成問題；因為長篇武俠小說有自己的一個系統——在這個長篇中，主角是屬於哪一派，武功厲害的又是哪一派……等等，都可以在讀者中建立一個完整的印象。

而短篇武俠小說，卻是無論如何無法自成一個系統的，它往往只是一件事，一個片斷，藉幾個人物的活動而表現一個問題（或者不表現），對於複雜的，衆多的背景就沒有法子向讀者作一個確切的交待，往往會使得人以為還沒有完。筆者的幾篇短篇武俠小說便有人來問「完了沒有」。這其實是讀者們讀慣了長篇武俠小說或壓縮了的長篇的緣故，以為武俠小說非有頭、尾不可。要求短篇武俠小說有頭有尾，是不可能的。短篇武俠小說若照着「有頭有尾」的準則去寫，只會被束縛在「講故事」上，而無法成為眞正的短篇武俠小說。

短篇武俠小說中所寫的，讀者不一定熟悉，這其實不是一個很大的問題，通過寫作的技巧，完全是可以彌補的。

短篇武俠小說最大的特點應是精練。文章開始，開門見山地接觸到主角和作品的重要事件，高潮一過，已到結尾，留下無窮的餘味，這樣才算好的。

在短篇武俠小說中，因為沒有餘地去東拉西扯，因此文字的簡潔有力，結構的緊湊，就成為很大的條件。同時在於短篇中的這種要求，作者的語言表達程度簡直是在經歷一個考驗。

在長篇武俠小說的創作中，還沒有誰成功地運用了完全白話文（口語文）來寫作。有人在這樣嘗試，但效果如何還存在疑問。至於有些在對白中出現「面對現實」之類的腔口，實在不是一件好事。

這個問題，似乎牽涉到了整個武俠小說的筆法問題了，這裏只談短篇武俠

小說，還是不要再扯開去的好。

短篇武俠小說可以容許有更多的機會使用純口語來寫作，因為短篇小說既要求以短短的兩萬字完成，其種種表現，自非直截了當不可。而口語化的寫作，實在是最簡捷的方法。我所說的口語化，不同於一般「新文藝筆法」。例如我贊成用「風和日麗」四個字，而反對「風，是那麼地柔和；日光，溫煦地照射着大地」的十八個字。

這種「新文藝」的筆法，被用濫了，實在是件很可怕的事，即使是現代人，也不見得會用這種方法去講話的（在電影中，每出現如此對白，便會令人肉麻，便是明證），更何況我們筆下的人物再早也要是清朝人了，怎會這樣呢？

短篇武俠小說的寫作技巧，還待作者們多方面來探索，但筆法的恰當與否，在短篇武俠小說的創作中，無疑是一個最突出的問題。

其次，便是人物。在短篇的武俠小說中，出現衆多的人物，是最吃力不討好的事情，因為它不容許同時地展開一組人物的活動，而只是主角或重要的配角。

人物多了，結構就要成問題。

而且，即使是主角，在短篇武俠小說中，似乎也不能去表現他多方面的性格，而只能以一件事來表現他的一種性格。記得看過一篇短篇武俠小說，說，一個青年廣求名師，但卻招來了兩個騙子，一年後發覺，騙子逃走了。這一段，其實是毫無用處的，但是卻佔了幾乎三分之一的篇幅。這便是出場人物安排得不當的結果。

（四）短篇武俠小說的價值問題

在第二節中，我已經提到過短篇武俠小說因為是新興的，因此在創作上也沒有那麼多舊影響的牽制，因此它發展起來也會比長篇的快得多。

但是，它與長篇武俠小說相比較，是不是會低一級呢？它之難寫，我也在

上面談過了。至於高低的問題，則絕不存在於長、短篇武俠小說之間。魯迅有一段關於短篇小說的話：

> ……在巍峨燦爛的巨大的紀念碑底文學之旁，短篇小說也依然有着存在的充足的權利。不但巨細高底，相依為命，也譬如身入大伽藍中，但見全體非常宏麗，令觀者心神飛越，而細看一雕欄一畫礎，雖然細小，所得卻更為分明，再以此推及全體，感受遂愈加切實。
>
> ——（《魯迅全集》卷四《三閒集》第一〇四頁）

千萬不要以為魯迅是將短篇小說作為長篇小說的「一雕欄一畫礎」來看的，他所指的是長篇小說與短篇小說對於所表現的事物的一個比較。

由此可知，短篇雖受字數的限制，然就其「表現什麼」的效果來說，是絕不亞於長篇的！

這應該是對短篇武俠小說的最好評價了吧！由於本文涉及的是文學上的事，這就必須將本人的文學觀點稍說一下，以免或有爭執。

我是以為文學作品必須表現點什麼的，也就是說，必須通過故事的發展，主角的活動，而說明一個問題——不論這個問題是什麼。並不贊成為文學而文學，不以為文學有目的的那一種看法。

《武俠天地》創刊號，一九六〇年四月二十日

武俠小說之流行

友人告我，前數天他搭跑馬地的巴士，車中人不多，約二十個。他們兩人首先談起武俠小說中的拳術招數與人物，開始，有幾個陌生人介入，到後來，全車搭客，連巴士售票員在內，甚至到巴士司機，也忍不住趁車到站而停的那一剎那，掉轉頭來，參加意見，宛若一個大討論會焉。

我完全相信這是事實，因為武俠小說之在香港流行，在南洋各埠的流行，已是有目共睹的事實了。大人、小孩、青年、婦女，甚至知識分子（高級的）都愛看。

儘管看了或者會罵一句：「這篇寫得不忍卒睹！」但一樣是愛看。

就小說的形式而言，武俠小說的確有着比別種小說更吸引讀者的地方，它可以將愛情小說、偵探小說、緊張小說（希治閣電影式的）都包括在內，而又可以申揚國藝，提倡國德——此點曾遭本版寶二先生反對過。

武俠小說之流行，無論如何，不是一件壞事，大家都喜歡看，拿來當一種消遣，如果是好的武俠小說，看過可以得點益的，算他是額外收入；看過得不到什麼益處的，也已達到了消遣的目的。無論對武俠小說怎樣歧視，都不能否認它是文學形式的一種，也不能否認它是一種文化，例如開首所提，巴士上那個自然而然的討論會，是件多麼有趣味的事！

售票員就算和其中一個搭客，在剛上車時曾有齟齬鬱結在心，下車時可能演出全武行的，也在這種氣氛中消除了，下車時，必點頭為禮無異。

當然，有利必有弊，但，最大的弊害，還是在於武俠小說的寫作方法，而不是在於武俠小說本身。最近，由於新加坡方面嚴禁黃色和殘酷描述，武俠小說為了求銷路，所謂「毒素」，已大大地減少了。

更有人認為，武俠小說是偏仇恨，誰知大謬不然，一般趣味高的武俠小說，

都譴責仇恨，像胡適那樣，斷言武俠小說「下流」，必是少看武俠小說之故，豈有他哉！

據說，有一些看不起武俠小說的文人，也在寫武俠小說了，或百計隱瞞，怕給人家知道了有失「身份」，甚至有人問起，也一口否認，這，真是何苦來呢？

「衆議堂」三字，取得很好，但「衆議」，是文雅的說法，痛快點說，則是「七嘴八舌」。既然七嘴八舌地，得罪人在所難免。以後如有得罪各位先生太太，小小姐大小姐，甚至編輯大佬之處，尚祈原諒，先此聲明。

《新生晚報・新趣・衆議堂》，一九六一年一月二十九日，倪匡

一笑已經風雲過——倪匡紀念文集

作　　者：鱸魚膾　編著
責任編輯：黎漢傑
法律顧問：陳煦堂　律師

出　　版：初文出版社有限公司
電郵：manuscriptpublish@gmail.com

印　　刷：陽光印刷製本廠

發　　行：香港聯合書刊物流有限公司
香港新界荃灣德士古道 220-248 號
荃灣工業中心 16 樓
電話 (852) 2150-2100 傳真 (852) 2407-3062

臺灣總經銷：貿騰發賣股份有限公司
電話：886-2-82275988 傳真：886-2-82275989
網址：www.namode.com

版　　次：2023 年 3 月初版
國際書號：978-988-76544-3-8
定　　價：港幣 95 元 新臺幣 360 元

Published and printed in Hong Kong

香港印刷及出版